SANGUE

Trilogia

O VAMPIRO DE MÉRCIA

sangue

alquimia

morte

K J WIGNALL

SANGUE

VIDA • MORTE • DESTINO

Tradução
Marsely de Marco Martins Dantas

Rio de Janeiro | 2014

Copyright © K. J. Wignall, 2011
Os direitos morais do autor estão assegurados.

Título original: *Blood*

Desenho e ilustração de capa: Sharon King-Chai / Eye Fly High
Elementos adicionais de ilustração: Shutterstock

Editoração: FA Studio

Texto revisado segundo o novo
Acordo Ortográfico da Língua Portuguesa

2014
Impresso no Brasil
Printed in Brazil

Cip-Brasil. Catalogação na publicação.
Sindicato Nacional dos Editores de Livros, RJ.

W652s	Wignall, K J
	Sangue: vida, morte, destino / K J Wignall; tradução Marsely de Marco Martins Dantas. — 1. ed. — Rio de Janeiro: Bertrand Brasil, 2014.
	224 p.; 23 cm. (O vampiro de Mércia; 1)
	Tradução de: Blood
	Continua com: Alquimia
	ISBN 978-85-286-1865-5
	1. Ficção belga. I. Dantas, Marsely de Marco Martins. II. Título. III. Série.
	CDD: 028.5
14-09013	CDU: 087.5

Todos os direitos reservados pela:
EDITORA BERTRAND BRASIL LTDA.
Rua Argentina, 171 — 2º andar — São Cristóvão
20921-380 — Rio de Janeiro — RJ
Tel.: (0xx21) 2585-2070 — Fax: (0xx21) 2585-2087

Não é permitida a reprodução total ou parcial desta obra, por
quaisquer meios, sem a prévia autorização por escrito da Editora.

Atendimento e venda direta ao leitor:
mdireto@record.com.br ou (0xx21) 2585-2002

Para meu pai

1

Queimamos as bruxas em 1256. Foi a última vez em que, de fato, apreciei uma fogueira. Não por causa das bruxas, claro — apesar de na época ser totalmente a favor de queimá-las —, mas apenas pelo prazer de ver a dança das chamas envolvendo o céu noturno, iluminando a terra com seus tons alaranjados.

Nunca mais vi uma fogueira da mesma forma depois daquela noite; aliás, também não vejo da mesma a forma as bruxas ou qualquer um que seja diferente. Talvez "diferente" não seja a palavra adequada, pois mesmo naquela época eu já era diferente dos demais; acima do povo e abaixo de Deus e do Rei, nasci na nobreza.

Se eu não tivesse ficado doente, teria me tornado... Não, não há razão para falar no que teria me tornado, pois de fato fiquei doente e meu meio-irmão mais novo herdou injustamente o condado, e agora ele e sua nobre linhagem, que sobreviveu por vários séculos, foram reduzidos ao pó e à extinção.

"Diferente" definitivamente não é a palavra apropriada — o correto seria dizer renegado, pois foi exatamente isso o que aconteceu comigo quando fui acometido pela doença. Tornei-me um renegado. Perdi o conforto da minha família, dos meus amigos e do meu lar e fui condenado a uma vida de trevas, a uma existência entre dois mundos.

Se não tivéssemos voltado da Abadia de Marland, onde havíamos passado alguns dias, meu destino poderia ter sido evitado. Mas é óbvio que retornamos, para que a justiça fosse feita, para que todos vissem o Conde libertar seu povo do sofrimento. Voltamos porque aquela *noite seria nossa, seria o nosso triunfo contra a feitiçaria e as coisas malignas.*

Não me lembro de ter sido mordido. Queria me lembrar para que pudesse visualizar o rosto da criatura que fez isso comigo e, assim, dar propósito à minha existência: o de procurá-la para retribuir o presente envenenado que recebi. Contudo, por mais que eu tenha tentado, a memória do ataque nunca voltou, e seu anonimato continuou me insultando.

Também não me lembro de quase nada do que aconteceu nos dias seguintes à minha infecção, mas, pelo menos, o decorrer dos anos me permitiu recordar de parte dos acontecimentos e do pavor que certamente tomou conta da nossa casa na época.

Pensaram que eu estava morto — o que era verdade —, amaldiçoado por algum tipo de feitiçaria. Talvez até tenham culpado as bruxas que ainda ardiam na fogueira quando meu corpo foi encontrado. O medo que tomou conta deles fez com que me levassem rapidamente para o jazigo, mas não me sepultaram, e, nos dias e semanas seguintes ao ocorrido, colocaram-me num caixão e me enterraram embaixo dos muros da cidade.

E lá fiquei em paz. O caixão apodreceu ao meu redor, mas nada aconteceu com o meu corpo. Se meu pai, no fim da sua vida, e meu irmão, no fim da dele, tivessem se dado ao trabalho de exumar meu corpo, teriam encontrado minha pele imaculada, minha carne intocada pelo tempo e pelos vermes.

Em 1256, ano da minha doença, eu tinha 16 anos de idade, o que não era considerado tão jovem naquela época quanto é hoje. Era alto, o suficiente para ser chamado de Will Longas Pernas.

Ainda continuo alto para a minha idade. Falo "minha idade" porque, após terem se passado quase oitocentos anos, ainda aparento ter 16, assim como continuarei aparentando quando você, que lê o que escrevo, estiver velho, depois morto, e por fim esquecido.

2

Quanto mais se sabe sobre o mundo, mais as pessoas parecem determinadas a procurar pelo que foi perdido ou escondido. Há arqueólogos, caçadores de tesouros e caçadores de fantasmas — as legiões de curiosos — procurando por segredos e pelos lugares que os escondem. Ignoram que há alguns segredos que valem mais se continuarem guardados, e que há certos lugares que não devem ser visitados — como este cômodo vazio, por exemplo, com seu único artefato antigo.

Um caixão de pedra aberto, enterrado até a borda em um solo compactado, com uma terra mais fofa em seu interior. Se um arqueólogo tivesse se deparado com ele, primeiro cavaria a terra fofa ao redor para que os complexos entalhes fossem revelados. A partir daí, determinaria a época de sua manufatura e concluiria que teria pertencido a alguém de berço nobre.

Esse mesmo arqueólogo, agora animado, ignoraria questões óbvias — tais como o motivo de o caixão ter sido enterrado tão perto da superfície, em uma câmara secreta compartimentalizada, embaixo dos muros da cidade — e começaria a remover a terra fofa com cuidado, esperando encontrar os restos mortais do nobre enterrado ali.

Lamentavelmente, o arqueólogo não viveria para contar a história, pois o "nobre" dentro do caixão não estava morto, apenas descansando.

Em meio às trevas, agora, a terra dentro do caixão se remexeu, e dali emergiu um corpo com a mesma elegância de alguém que sai da água da banheira; primeiro o rosto, depois o dorso e então os braços. Ele apoiou as mãos nas laterais do caixão, como havia feito muitas vezes antes nos últimos oitocentos anos, e ergueu o corpo, deixando a terra cair ao pisar no chão duro da câmara.

Ficou parado por um segundo e tateou o antebraço direito, instintivamente procurando por ferimentos que já haviam desaparecido há muito tempo. Ao fazer isso, respirou profundamente para que o olfato apurado procurasse por algum sinal de vida. O sentido confirmou algo que ele já sabia. Estava sozinho, então pôde relaxar e caminhar pelo pequeno corredor que levava à câmara ao lado.

Acendeu velas, preparando os olhos para as luzes intensas que encontraria no mundo lá em cima. Mas mesmo as suaves chamas amarelas pareciam queimar-lhe a retina. Assim, fechou os olhos para evitar o brilho que lhe causava dor, abrindo-os aos poucos até que a visão se adaptasse à luz.

E ali ficou. Nu, com a pele alva, um garoto de 16 anos, que aparentava ser um pouco mais velho e era bem alto e musculoso. Os cabelos, ainda desalinhados e sujos por causa da terra, eram negros, ondulados e desciam até os ombros. As unhas das mãos e dos pés também eram longas, como se continuassem crescendo, embora de forma mais lenta, durante a hibernação.

Seu nome era Will, apelido de William, apesar de não conseguir se lembrar com facilidade da última vez em que alguém o havia chamado por aquele nome ou por qualquer outro. Também nunca fora chamado por seu título legítimo, pois, de fato e de direito, desde a morte do pai em 1263, o garoto em pé à luz de velas era, e para sempre seria, William, Conde de Mércia.

Assim que a visão se adaptou, pegou um dos castiçais e o levou consigo para uma terceira câmara, não porque precisasse dele para ver o caminho, mas porque não queria reviver a dor intensa que a luz lhe causava toda vez que voltasse ali. Ficar perto da luz era sempre um desconforto, mas agora já estava acostumado e era melhor deixar assim.

SANGUE

A terceira câmara era a que menos se assemelhava a uma sala. Em grande parte parecia-se com uma caverna natural em que se cavara uma abertura. No fundo, uma nascente debaixo do solo formava uma pequena piscina natural, e a água fluía até uma fenda para um canal mais profundo.

Will acomodou o castiçal e pisou na água. Estava fria como o gelo, mas ele mal notava a temperatura — era água, só isso, um líquido para limpar a poeira grudada na pele e nos cabelos. Ficou ali por alguns minutos, e então saiu.

Pegou o castiçal e criou uma trilha de passos molhados até a câmara principal. Abriu os baús do outro lado do quarto e ficou olhando para eles, quase como que lembrando a si mesmo o que havia ali. Mesmo assim, apesar dos anos em que passara dormindo, tudo lhe era tão familiar que ele parecia ter descansado apenas por um dia.

Se já estava pálido antes de se lavar, agora sua pele parecia quase translúcida. Em vez de se secar, pegou a tesoura e cortou as unhas das mãos e dos pés. Também aparou a ponta dos cabelos, mas não diminuiu o comprimento.

Pegou um pano e secou a água que ainda permanecia na pele. Em seguida, meio que repentinamente, pegou um espelho em um dos baús. Segurou-o à sua frente, examinando o próprio reflexo.

Nos últimos dois séculos, desde que as histórias sobre pessoas como ele tornaram-se populares, leu em várias ocasiões que não seria capaz de produzir reflexo no espelho. Talvez os outros não conseguissem ver sua imagem, mas ele sempre via a si mesmo e, como com muitos dos mitos acerca de sua espécie, divertia-se com o fato de que as pessoas estavam bem longe de saber a verdade sobre a sua condição.

Seus traços eram delicados, compatíveis com a sua origem nobre; olhos verdes, pele macia. Apesar de ser considerado um adulto durante sua época em vários aspectos, nem havia começado a desenvolver barba quando ficou doente. Isso o incomodou por cerca de cem anos, por revelar facilmente sua juventude, mas há muito tempo passara a apreciar a conveniência de não ter que se preocupar em barbear-se.

Mas Will não olhava no espelho para admirar o próprio rosto. Abriu a boca, revelando os longos caninos que mais uma vez cresceram como presas; os inferiores eram menores, os superiores, grandes o bastante para perfurar a pele.

Fitou-os e sentiu-se levemente frustrado pelo fato de terem voltado após os anos de hibernação. Era sempre isso que acontecia quando seu corpo despertava. Os cabelos, as unhas e os dentes continuavam a crescer, ao passo que o restante permanecia congelado no tempo.

Pegou uma lixa e começou cuidadosamente a trabalhar nas quatro presas salientes, diminuindo-as até ficarem parecidas com os caninos das pessoas normais. O som da lixa contra o esmalte dos dentes era metálico, e Will sentia a vibração no corpo enquanto o pó lhe enchia a boca, mas não havia dor.

Ao terminar, pôs a lixa de volta no baú, foi até a piscina natural e lavou o pó acumulado na boca. Depois se vestiu: calças e botas pretas, camisa preta, casaco preto comprido — não tinha como saber se suas roupas estavam adequadas, mas eram básicas o suficiente para que pudesse se misturar às pessoas desde 1813; portanto, supunha ainda serem apropriadas. Pegou mais algumas coisas no outro baú e as enfiou no bolso do casaco. Finalmente, estava pronto para sair.

Levou quase uma hora. Nada mau, considerando o sono do qual havia acabado de despertar, mas estava ficando impaciente. Dava para sentir que a noite já começava a cair sobre a cidade, e sabia que, antes de fazer qualquer coisa, precisava se alimentar. Era triste sempre ter que começar dessa forma, matando alguém em prol de seu bem-estar, mas essa era a natureza de sua doença. Ele precisava de sangue.

3

Will arrastou para a lateral o bloco de pedra que fechava a entrada da câmara. Caminhou pelo corredor, passando pelo jazigo parcialmente em ruínas onde tinha sido enterrado pela primeira vez havia vários séculos. A princípio, o corredor acompanhava a direção dos muros da cidade, mas depois fazia uma curva abrupta para chegar debaixo da igreja. Will sabia que faltava pouco para avistar a escada.

Subiu, contando distraidamente os quarenta degraus, e, ao se aproximar do topo, estendeu os braços para tocar a chapa de pedra sobre sua cabeça. Agachou-se e esperou pelo momento certo, pressionando as mãos contra a placa.

Somente quando percebeu que não havia ninguém lá em cima foi que empurrou a pedra pesada pelo chão da cripta. Do local em que estava agachado, impulsionou o corpo e pulou, saindo entre os túmulos de seu pai e de seu irmão.

Colocou a placa de volta no lugar e caminhou até o portão externo, que estava trancado. A última vez em que despertara da hibernação foi em 1980, um período de atividade que durou somente nove anos. Era a primeira vez em mais de setecentos anos em que tanto o portão da cripta quanto a porta da igreja estavam trancados, e não importava o ano em que estava, era óbvio que continuava sendo uma época sem lei.

Will colocou a mão na maçaneta e fechou os olhos, canalizando sua energia para o metal. Sentiu o mecanismo da porta destravar-se antes de o portão se abrir em sua mão. Fechou-o novamente e subiu a escadaria da igreja, mas logo hesitou, percebendo que havia pessoas adiante, apesar de não conseguir vê-las.

Um pouco depois, ouviu risos, o eco de uma porta de madeira batendo ao se fechar, e passos. Ficou parado e esperou, apenas ouvindo. Escutou papéis sendo folheados, e então notas suaves saíram do órgão.

Por mais inquieto, por mais mentalmente cansado que estivesse, ouvir a melancólica melodia da música o acalmava, mas esse prazer não durou muito. Uma mulher apareceu do outro lado do corredor central da igreja e olhou na direção de Will. Caminhou até ele com um ar de furiosa autoridade e, quando estava mais próxima, disse:

— O que você acha que está fazendo aqui?

Will teve a mesma impressão da última vez, a de que os adultos supunham que pessoas da idade que ele aparentava ter estavam sempre prontas para algum tipo de ato criminoso. Era uma atitude estranha, pensou, e o tom da mulher era tão desagradável que ele lamentava por ela não ser um alimento adequado.

Se uma mulher como aquela fosse encontrada morta, as autoridades iriam procurar pelo assassino e, mais cedo ou mais tarde, em uma dessas buscas, acabariam encontrando-o. Ele nunca atacava pessoas cuja falta seria percebida, pessoas que eram importantes para alguém. Era mais fácil alimentar-se da grande quantidade de gente que não importava a ninguém.

Will observou a mulher se aproximar. Imaginou que ela tivesse cinquenta e poucos anos — cabelos grisalhos curtos, quadris largos e arredondados, marcando a saia de lã e o suéter creme de tricô. Era óbvio que, para ela, não havia nada melhor do que se sentir importante na casa de Deus, executando seus pequenos atos de tirania.

Ela estava chegando perto dele, determinada a dar-lhe uma bronca por estar ali, mas então olhou bem fundo nos seus olhos e a forma como Will a fitou fez com que parasse abruptamente. Ela parecia não

SANGUE

saber o que dizer — aquele rapaz, foi o que ela deve ter pensado, era um rapaz com más intenções, mas, agora que estava presa ao mundo secreto do olhar dele, não tinha mais certeza de nada.

A mulher esboçou um sorriso e disse, justificando-se:

— A catedral está fechada. Às terças-feiras, durante o inverno, fechamos às seis da noite. Acho que você não viu o aviso, isso acontece. — Ele continuou calado. — Hum, sim, se você me acompanhar, ficarei feliz em lhe mostrar a saída.

Will deu um passo na direção da mulher, cuja expressão de medo era clara, mas ela não conseguia sair do lugar, muito menos falar. Ele pegou na mão dela, tocando a parte interna do punho com seus dedos; o sangue pulsando dentro daquele corpo enviava para Will uma desesperada mensagem de fome.

Ela abriu a boca, mas não conseguiu dizer nada. Ele então esticou a outra mão e colocou o dedo sobre os lábios dela. No mezanino, a organista começava a tocar uma peça mais agitada e animada, as notas reverberando pelo ar. Will sabia que suas palavras seriam abafadas pela música alta, mas a mulher o entenderia, pois, naquele momento, só tinha olhos e ouvidos para ele. Todo o restante, todo o mundo que ela conhecia, havia desaparecido inteiramente.

— Visitarei muito este lugar no futuro. Irei me tornar uma visão tão familiar que você nem vai notar minha presença. Serei invisível para você.

A mulher piscou — foi a melhor resposta que ela conseguiu elaborar. Will soltou sua mão e a deixou ali, em pé, sabendo que, quando voltasse a si, ela iria se lembrar dele apenas como um sonho confuso.

Ele saiu pela porta lateral, mas a iluminação artificial e os pungentes faróis dos carros o cegaram instantaneamente. Por um momento não havia nada que pudesse fazer além de ficar parado, tentando não gritar por causa da dor que queimava seus olhos.

Fechou-os instintivamente para se livrar da claridade, mas não havia como fugir de todo aquele clarão. Dessa vez, não esperou até que seus olhos se ajustassem. Assim que conseguiu abri-los um pouco, seguiu em frente à procura de ruas mais escuras.

Era uma terça-feira de inverno e já passava das seis da noite, a mulher na igreja havia fornecido essa informação, mas a cidade ainda estava apinhada de turistas, e até mesmo as vielas estavam cheias de luzes ofuscantes. Ele não queria ter que fazer isso, mas levou a mão ao bolso e pegou os óculos escuros.

A cidade estava mais iluminada do que da última vez, e seus olhos iriam levar mais tempo para se ajustar, se é que se ajustariam. Mas os óculos faziam a dor diminuir o suficiente para que pudesse abri-los por completo para ver claramente o que estava ao seu redor.

As roupas que as pessoas usavam não estavam muito diferentes das que ele vira da última vez, e, apesar de não ter visto ninguém vestido exatamente como ele, também não percebeu ninguém o encarando, exceto um ou outro olhar direcionado aos seus óculos.

Mas Will estava perturbado por causa do cheiro de sangue que o rodeava, e, enquanto não conseguisse saciar a fome, esse cheiro continuaria forte. Só conseguiria andar com facilidade pelas ruas após se alimentar.

Will foi para o Portão Sul, e de lá para a área abandonada que ficava próxima ao rio. Da penúltima vez, de 1920 a 1938, havia um bairro comercial no estilo vitoriano muito próspero e movimentado, mesmo à noite, mas da última vez já estava decadente e havia se tornado abrigo de mendigos e viciados — pessoas de quem ninguém sentiria falta.

Isso não havia mudado. Will parou do lado de fora de um armazém em ruínas e respirou profundamente, o cheiro de sua vítima imediatamente incendiando suas narinas. Devolveu os óculos ao bolso e forçou a entrada pelas portas fechadas com tapumes.

SANGUE

Era um galpão grande, com pé-direito baixo e teto abobadado. O ambiente era aberto e escuro, mas havia um pequeno escritório parcialmente fechado do outro lado, e, pelas aberturas antes ocupadas pelas janelas, dava para ver a luz fraca de uma vela tremeluzindo.

Apressou o passo e parou em frente à porta do escritório. O pequeno cômodo era uma casa improvisada, com desenhos feitos a carvão pendurados na parede, livros empilhados em caixotes e estantes, um velho colchão e várias roupas encardidas junto a cobertores e sacos de dormir.

Havia um pequeno aquecedor no canto, a única parte remanescente do conforto original do escritório; um cano escuro emergia dele e atravessava o teto. O aquecedor estava aceso e, ali perto, dois cães negros de pelo curto cochilavam.

Do outro lado do cômodo, sentado no colchão com as pernas cruzadas, havia um homem de cabelos castanhos despenteados e com a barba por fazer. Estava descalço, vestindo calça cáqui e uma blusa grossa que um dia fora azul-clara, mas agora parecia ter fuligem em cada uma de suas fibras. Usava pulseiras e braceletes em ambos os punhos e uma tornozeleira de couro em um dos tornozelos.

O homem estava escrevendo num caderno à luz de três velas, mas parou e olhou para cima. Ficou surpreso, mas não demonstrou medo ao ver Will ali parado.

Will também ficou surpreso ao ver que o rosto do homem era jovem por detrás da barba e dos cabelos desalinhados. Era jovem, saudável e, julgando pela quantidade de livros, era instruído. Will achou difícil entender como as condições de vida daquele homem podiam estar tão precárias.

O homem falou num tom manso e distraído, como se estivesse se esforçando para se manter focado:

— Ei, cara, não vi que estava aí — comentou, olhando para o aquecedor. — Estranho os cães não terem ouvido você chegar. Eles normalmente latem muito.

Will entrou sem dizer nada, desviando de uma pilha de revistas que batia na altura da cintura e impedia a entrada. Pegou uma delas e deu uma olhada antes de perguntar:

— O que é isso?

— É a *The Big Issue*,* cara. Eu vendo essa revista. — Will não entendeu, mesmo lendo o nome da revista na capa. — Você já deve ter ouvido falar, cara. Já deve ter visto alguém vendendo na rua. — O homem ficou intrigado e deixou o caderno de lado, olhando para Will. — Você é diferente de outros moradores de rua... Qual a sua história?

Will ainda olhava para a revista quando perguntou:

— Essa data é atual?

— Sim. É a edição desta semana.

Will não teve dificuldade para concluir que dormira por pelo menos dez anos, mas, mesmo assim, ficou chocado ao perceber que estava no século 21.

Ele já havia despertado em séculos diferentes muitas vezes antes, mas o pensamento de viver sem objetivo em um novo milênio o incomodava. Imaginou os próximos milhares de anos estendendo-se à sua frente, viu-se prisioneiro dessa sobrevida por mais dez séculos, e mais dez, e mais dez. A única coisa que não conseguia imaginar era o porquê. Qual era o propósito de tudo isso?

— Olha só, cara, qualquer que seja o seu problema, tudo bem, sabe? — Will devolveu a revista à pilha e fitou o sujeito. — Meu nome é Jex, e, pode acreditar, já vi e ouvi de tudo, cara, sem problemas.

---

* Revista inglesa vendida por moradores de rua. A maior parte do dinheiro da venda vai para o vendedor. (N. T.)

SANGUE

Will nunca tinha ouvido aquele nome antes — Jex. Jex que achava ter visto e ouvido de tudo.

Will disse incisivamente, olhando-o com firmeza:

— Posso contar algumas coisas que você nunca viu nem ouviu.

Jex começou a rir, talvez achando engraçado um garoto pensar que sabia mais sobre o mundo do que ele, mas então olhou nos olhos do intruso e a risada ficou presa em sua garganta. Em um minuto foi hipnotizado pela intensidade daquele olhar.

Will deu um passo adiante e ajoelhou-se na frente do rapaz. Pegou sua mão, empurrando a manga da camiseta azul, bastante suja. Jex olhou para o próprio antebraço e voltou a olhar para Will, totalmente dominado por ele, como uma mosca paralisada pelo veneno de uma aranha.

Will segurou o punho do rapaz um pouco acima das pulseiras e dos braceletes, tirou um canivete de seu casaco e abriu um pequeno corte no braço. Logo que o sangue começou a jorrar, seu instinto foi sugar tudo de uma vez, tamanha a sua necessidade, mas, assim que estava prestes a abocanhar o ferimento, Jex começou a falar num transe profundo.

— Ele está chamando.

Apesar de sua sede por sangue, Will sentou-se no chão e encarou Jex, chocado. Isso nunca acontecia: suas vítimas nunca falavam depois de hipnotizadas. E Jex ainda estava em transe, mas com certeza havia falado, um fato que abalou Will mais do que deveria.

— Quem?

Os olhos de Jex estavam fixos no lugar onde Will estivera de pé. E, mesmo sem dar sinal algum de ter escutado, Jex respondeu, mecanicamente:

— Lorcan Labraid. Ele está chamando.

— Quem é Lorcan Labraid?

Jex balançou a cabeça, tremendo de medo, como se não quisesse ouvir o que estava ouvido, como se não quisesse falar, mas não pudesse evitar.

— Lorcan Labraid? Ele é o mal do mundo. E chama por você. — Jex curvou o corpo um pouco para trás, aparentemente exausto, e murmurou: — Você precisa da garota, a garota precisa de você, você precisa de...

Will olhou para ele por dois segundos ou mais, intrigado, apesar de tentar ignorar as palavras de um homem à beira da morte. Mas não podia esperar mais, o delicioso aroma de sangue o distraía. Abaixou a cabeça até a ferida e sugou o líquido que bombeava pelo corte na pele.

Sentiu-se melhor quase instantaneamente com o calor metálico penetrando em sua boca. Há muito tempo entendera que aquilo não era alimento — não precisava de sangue como um dia precisou de carne ou pão. Era outra coisa que o sangue lhe dava, como se ele pudesse tomar para si toda a força vital de suas vítimas.

Não precisava de sangue o tempo todo. Tinha uma necessidade maior logo após despertar da hibernação. Depois disso, podia passar semanas e até mesmo meses sem se alimentar. Sabia que a fome não era material, mas espiritual.

Jamais se sentia fisicamente fraco por falta de sangue, mas, às vezes, antes de se alimentar, sentia como se cada fragmento de sua alma estivesse indo embora, esvaindo-se. Só o sangue era capaz de reverter isso.

Em quarenta minutos, o processo todo estava completo. Jex estava deitado no colchão, os braços abertos com dois cortes em cada um, e o sangue continuava a gotejar de forma mais fraca pelas feridas. Will não havia sugado tudo; parou de beber assim que sentiu a vida abandonar o corpo.

Levantou-se e olhou ao redor do quarto. Pensou um pouco sobre a inusitada situação de Jex falando durante o transe e sobre as coisas que disse — Lorcan Labraid, o mal do mundo, algo sobre uma garota —, mas o quarto em si era suficiente para convencê-lo de que Jex havia se drogado tanto em vida que sua mente podia ter adoecido apesar de o corpo ter se mantido são.

SANGUE

Os cães ainda dormiam, alheios à sua presença ou ao destino de seu dono. O aquecedor produzia um fogo baixo e alaranjado, e, se Jex ainda estivesse vivo, provavelmente colocaria mais lenha para queimar.

Will olhou para as gravuras de carvão. Estavam bem-desenhadas. Algumas eram dos cães, outras de rostos, e havia a de uma garota que parecia nervosa e infeliz. Muitas eram da cidade, e algumas, da igreja. Mais uma vez ficou surpreso e triste por um jovem de tanto talento acabar vivendo daquela forma.

Também estava triste por ter lhe tirado a vida, mas essa era a natureza da sua doença. Além disso, milhões de pessoas morreram durante sua longa existência, e muitas delas perderam a vida de forma bem mais inútil do que o homem à sua frente.

Will notou o caderno em que Jex estava escrevendo e o pegou, folheando suas páginas sem pretensão alguma. Provavelmente teria deixado o caderno outra vez de lado, mas, enquanto lia, seu ante-braço começou a coçar, exatamente no mesmo local em que um dia fora mordido.

Era uma sensação que nunca havia experimentado antes, a segunda experiência nova na mesma noite, e, mais uma vez, começou a pensar seriamente nas coisas que Jex dissera. Seria possível que Lorcan Labraid fosse o nome da criatura que o mordera, e que, por meio da antiga ferida queimando em seu braço, estivesse de fato lhe chamando?

Até se perguntou se a coceira em seu braço não estava de alguma forma ligada ao simples fato de ter tocado naquele caderno. Era difícil acreditar que o caderno pudesse ter qualquer tipo de conexão com a criatura que o infectara havia tanto tempo, mas até mesmo essa mínima esperança era suficiente para incitar o interesse de Will.

A maioria das páginas estava cheia de manuscritos, mas também havia desenhos. A escrita era tão rabiscada que dificultava a leitura, e as poucas partes que conseguia ler não faziam sentido, mas aqui e ali havia anotações em grandes letras de forma.

Ao folhear as páginas, seus olhos pararam numa dessas anotações. Duas palavras em particular chamaram sua atenção, palavras que não podia acreditar ter visto. Com certeza seus olhos o enganavam. Voltou uma página por vez, sentindo o coração apertar.

Em seguida, encontrou a página e a leu novamente, uma frase simples, mas chocante, escrita em negrito e sublinhada. E havia duas palavras em especial que chamaram sua atenção, palavras que não tinham motivo para estar no caderno daquele homem — WILLIAM ... MÉRCIA.

Tentou entender o sentido de estarem ali, bem como o sentido da própria frase, mas sentiu um súbito desconforto em seu antebraço de forma bem profunda — agora não estava mais coçando, tinha apenas a sensação de dois dentes afundando em sua carne. Só podia estar imaginando tudo aquilo, ou então começando a se lembrar de tudo, trazendo à tona a lembrança que nunca possuíra de forma consciente. Ficou pior — parecia a dor de uma agulha rasgando a pele, uma dor tão alarmante, tão perturbadora, que Will deixou o caderno cair e pisou em falso, chutando um dos caixotes.

Os cães se levantaram, rosnando, mas não sabiam ao certo o que fazer. Uma vela caiu e rolou pela caixa antes de chegar ao chão, a chama encostando na ponta do cobertor sobre o colchão.

Instantaneamente, Will se afastou do fogo, por menor que estivesse. Um dos cães latiu para ele, depois o outro, talvez farejando seu momento de fraqueza. Will virou-se e olhou para eles, que logo se aquietaram, fitaram-no hesitantes e fugiram porta afora, um atrás do outro.

Will então se voltou para o fogo, que começava a queimar com mais força, a fumaça subindo, as chamas dançando contra tudo que tocavam, tentando dominar a área. Foi então que viu o caderno sobre o colchão, ao lado de Jex. As extremidades das páginas já começavam a se queimar, crepitando.

SANGUE

Will nunca fora queimado, mas, da mesma forma que algumas enfermidades faziam com que suas vítimas temessem a água, ele temia as chamas, como se fosse um animal selvagem. Aprendera a viver com o fogo cauteloso e controlado da chama de uma vela, mas aquele tipo de labareda, volátil, rápida, faminta, deixava-o quase tão desconfortável quanto o primeiro brilho da luz do dia todas as manhãs.

Mas sabia o que vira naquele livro e as sensações que provocara nele, por isso não podia deixá-lo queimar. Chutou-o para longe das chamas e pisou em cima dele, assegurando-se de não haver mais fogo antes de pegá-lo.

Enfiou o livro no bolso do casaco e correu para longe das chamas até encontrar o frescor da noite, e então pôde parar para pensar novamente. O vento estava mais forte, chicoteando os velhos armazéns, trazendo sons incompletos de várias partes da cidade, puxando seus cabelos e seu casaco de forma violenta.

A noite também parecia volátil e temerosa, como se algo tivesse sido libertado na escuridão, talvez pela morte de Jex, talvez pela descoberta do livro, ou até pelas duas coisas. O que quer que tivesse acontecido ali, fez com que Will sentisse que algo mudara em seu mundo noturno — as coisas não estavam mais como na hora anterior.

Colocou a mão no bolso, certificando-se de que o caderno ainda estava lá. Quase ao mesmo tempo, o vento diminuiu, instaurando rapidamente a calmaria da noite de volta à cidade. Agora só era possível ouvir o trepidar das chamas e, ao longe, o som do tráfego que em breve traria consigo o ronco do motor do carro de bombeiros.

Antes de encontrar o caderno, desejara caminhar e sentir o ar que não respirava havia mais de uma década, queria clarear os pensamentos. Agora, tudo o que queria era voltar para seu covil para ler e decifrar os manuscritos de Jex, procurando entender um pouco do que estava acontecendo e as coisas que ele dissera.

Mas Will mal havia começado a caminhar novamente quando ouviu um ruído próximo ao rio. Olhou para a escuridão e viu os dois cães correndo o mais rápido que podiam. A princípio pensou que estivessem voltando para o dono, mas eles seguiram adiante, determinados, nem se dando conta da presença de Will. O olhar e o cheiro dos animais eram inconfundíveis — estavam correndo de algo que os fazia temer por suas vidas.

Olhou na direção de onde vieram e, sem pensar duas vezes, partiu para o rio. Se houvesse algo lá embaixo que assustara os cães, fazia questão de ver, e, conforme caminhava, seu coração se enchia do nervoso sangue da esperança.

Vivera na ignorância por quase oitocentos anos, sabendo muito pouco sobre sua condição, juntando fragmentos das superstições dos outros. Nunca, durante todo esse tempo, encontrara outra pessoa que fosse como ele, mas por fim, naquelas páginas, nas palavras de um homem morto, talvez houvesse um sinal.

Finalmente, no novo milênio, encontrara uma mensagem no lugar mais improvável de todos, e lá havia a promessa de algo sobre o qual jamais ousara ter esperança. A promessa de que havia um motivo para tudo aquilo, para a doença, para os séculos de solidão. A promessa de um destino.

Havia mais uma coisa também; pela dor no braço, pela forma como a escuridão se apossara da noite, pelo terror nos cães, havia uma indicação tentadora de que o livro o levaria ao homem que o transformara no que era. Will apoiou uma das mãos no livro, quase receoso de sentir esperança de que o encontro seria iminente — pois, afinal de contas, os cães estavam correndo de algo, ou de alguém.

4

Durante todo o percurso até o rio, a dor no braço permanecia, lembrando a Will que ele tinha sido amaldiçoado àquela existência, fruto da maldade, lembrando-lhe ainda que o que quer que tivesse voltado à sua vida há uma hora também era amaldiçoado. E, com as palavras de Jex ecoando em sua mente, era o mal que esperava encontrar naquele rio.

Na verdade, o que encontrou por lá foi um cenário confuso, uma cena de abandono. O primeiro armazém à margem do rio estava cercado de andaimes e parecia estar passando por algum tipo de reforma. O segundo, um prédio grande de quatro andares que ia até a ponte por toda a extensão da rua, havia sido invadido por moradores de rua, assim como o que ficava na outra margem do rio.

Will olhou para os edifícios sem conseguir entender o que estava acontecendo ali. Observou as janelas iluminadas e viu a movimentação das pessoas em suas casas. Era uma escolha estranha de moradia, pensou. E, se a criatura que o mordera estivesse por perto, não estaria entre os vivos.

Instintivamente, virou-se e caminhou para o outro lado do rio, para longe das luzes e dos sinais de vida, indo na direção da pequena área de desolação, da qual ele parecia já estar saindo.

Não tinha caminhado muito quando sentiu alguém à frente, o que diminuiu sua esperança de encontrar a criatura naquela noite, pois essa era uma pessoa saudável e cheia de vida. Se essa mulher — pois sentia que era uma mulher — não estava ferida nem assustada, então era improvável que a criatura estivesse por perto. Sentindo-se mais desapontado, imaginou se os cães assustaram-se apenas com as próprias sombras. Mesmo assim, continuou andando.

Não conseguia vê-la, mesmo estando bem próximo. Quando a viu, estava apenas a alguns passos de distância, sentada na soleira da entrada do que um dia fora uma cafeteria.

Não parecia mais velha que ele; a pele era tão clara quanto a sua, os cabelos, mais escuros que os seus, e estava toda vestida de preto, apesar de usar um anel prateado em quase todos os dedos.

A garota era bela e triste, mas o mais importante era que Will a reconheceu e isso reacendeu suas esperanças de que havia sido atraído até ali por alguma razão. Aquela era a garota do desenho na parede de Jex. "A garota precisa de você, você precisa da garota", foi o que ele disse, ou algo parecido. Será que estava se referindo àquela garota?

— O que você está olhando?

O tom era hostil, e Will estava tão distraído que nem percebeu que estava encarando a moça.

— Desculpe, não era minha intenção.

Ela ignorou o pedido de desculpas, não dando margem para que a conversa continuasse. Will coçou o braço distraidamente, não porque estivesse coçando de fato, mas porque ainda conseguia se lembrar claramente do desconforto.

— Você é viciado?

O tom era acusatório, e ele soltou o braço, dizendo de forma franca:

— Não. Algo me mordeu, só isso.

— Encantador — respondeu ela, sarcástica. Ele não tinha certeza sobre a resposta que deveria dar, mas logo em seguida ela acrescentou: — E então? Vá embora. Quero ficar sozinha.

Ele ficou um pouco abalado com o tom arredio e determinado da garota, que mostrava não imaginar que ele pudesse desobedecê-la.

SANGUE

Mas logo percebeu que aquilo não passava de uma máscara, de um mecanismo de defesa para afastar as pessoas.

— Este local é público — disse, e mesmo agora, depois de tanto tempo, uma voz dentro de sua mente o corrigia: aquele local era *dele*, pertencia a ele por direito, assim como toda a terra ao redor.

Ela mudou de tática, mas era óbvio que não queria conversa.

— Talvez seja, mas não é um bom local para você ficar. Você devia voltar para casa e ficar com os seus pais.

O tom era de zombaria e desdém, mas ele o ignorou e disse:

— O que você quer dizer com isso? Por que este local não é bom? Já viu alguma coisa estranha acontecendo por aqui?

— Sim, várias, mas sabe de uma coisa? Sai fora, vai procurar o que fazer.

Com certeza ela estava tirando sarro dele, mas, como sempre, ele levava algum tempo para assimilar as palavras e o ritmo da conversa. Enquanto tentava entender o que ela dizia, percebeu que ela tremia um pouco.

— Você está com frio.

— A noite está fria, é sempre assim em novembro. — Will concordou balançando a cabeça. Percebia o ar cortante, mas não o sentia em seus ossos como um dia sentira. Ela tentou uma terceira tática. — Olha só, não quero ser grosseira, mas, por favor, me deixe em paz.

— Claro. Não tinha intenção de atrapalhar — disse, dando um passo para trás, mas antes de se virar acrescentou: — Sou órfão.

— Ah... — Ela pareceu pensar um pouco e depois perguntou: — Há quanto tempo?

— Há muito tempo.

A garota simplesmente balançou a cabeça, ainda não dando espaço algum para ele, mas disse:

— Isso é bem ruim.

Will virou-se e saiu andando. Aquele não era o momento certo, mas pelo menos ela havia falado com ele, e além disso ele teria todo o tempo necessário. Era uma pena ela ter sido tão arredia, pois gostara de sua aparência — se não fosse pelo seu cheiro, ele até a teria confundido com alguém da sua espécie.

O mais importante é que o retrato dela estava na parede de Jex, e que Jex falara sobre uma garota imediatamente após ter falado sobre Lorcan Labraid. Então, era possível que não fosse coincidência o fato de Will tê-la encontrado. Se uma força maior estava agindo, talvez nada mais fosse coincidência — ele havia sido atraído para o rio e lá havia encontrado a garota.

Um carro de bombeiros já se encontrava no armazém apagando o fogo, que estava intenso, mas contido num único lugar. Will colocou os óculos escuros e, ao passar, um dos bombeiros virou-se para ele e perguntou, rindo:

— Está muito sol para você?

Will não deu atenção e continuou caminhando. Uma de suas maldições era haver homens como aquele o tratando com desprezo por causa da sua aparência de garoto. Se eles soubessem apenas um pedacinho da verdade, sobre sua idade e seu poder, todos iriam se curvar diante dele da mesma forma que seus antepassados um dia o fizeram.

Ele refez o caminho da ida e entrou na igreja pela porta lateral. Tinha ficado na rua por quase duas horas, mas ainda havia pessoas por lá, mesmo sem música e com o silêncio cavernoso que tomava conta do lugar. Talvez a mulher que gritara com ele também estivesse ali, sentindo que algo importante havia acontecido no começo da noite, mas sem conseguir lembrar o que poderia ter sido.

Mais tarde, quando a igreja estivesse vazia, Will iria à secretaria para pegar as chaves reserva da cripta e da porta lateral, um método mais prático e mais rápido do que confiar constantemente em seus poderes sobre o inanimado. Mas, por enquanto, desceu ao seu covil, sentou-se em seu trono de madeira ornamental e começou a ler intensamente.

SANGUE

Infelizmente, a maior parte dos manuscritos de Jex não fazia sentido, era fruto das drogas, mas, em certos trechos, o texto era bem diferente, quase como se tivesse sido escrito por outra pessoa, e nessas partes o tom era profético.

Mesmo nesses trechos, pouca coisa fazia sentido prontamente, mas Will elucubrava, procurando absorver expressões e frases quebradas — *"os inimigos dele serão uma legião"; "o círculo foi quebrado e está completo"; "Asmund espera com os espectros"; "dentre quatro virá um"; "a igreja sem membros se pronunciará"; "o rei suspenso chama todas as gerações".*

Havia muita coisa sobre o tal rei suspenso, uma expressão que ele ainda não conseguia entender, pois sua última contagem registrava vinte e oito reis e seis rainhas durante toda a sua vida, mas nenhum deles podia ser considerado "deposto". A menos que, como ele esperava, se tratasse de um reinado diferente; a menos que estivesse sugerindo e prometendo seu segundo encontro com aquele que o mordera.

Leu mais uma página e encontrou um desenho a lápis da garota perto do rio. Havia certa beleza nela, e talvez Jex apenas estivesse apaixonado. Mas, depois de ouvi-lo falar como falara, era confuso ver o retrato dela tanto no caderno como na parede. Tudo naquela noite estava confuso, um labirinto de palavras e momentos estranhos sempre permeados pela presença da garota.

Will continuou a folhear o caderno e finalmente encontrou a página que o deixara surpreso no início da noite. Era ao mesmo tempo estranha, aterrorizante e cheia de promessa, uma promessa de que sua prisão, com suas paredes construídas pelo tempo, tinha um propósito.

Seria possível que ele tivesse um destino a cumprir? Pois em todos esses séculos considerou-se amaldiçoado, uma vítima, e as fantasias que não saíam da sua mente eram de vingança, e não de realização.

Até mesmo naquele instante, o que o impulsionava era o pensamento de confronto com a criatura, mas não conseguia evitar o fato de se sentir atraído pelo chamado do destino, pela indicação de que sua existência tinha algum tipo de significado.

E aqueles não eram simplesmente os rabiscos de um louco, ou de um estudante de livros de História, pois nenhum dos ancestrais de Will, nem os descendentes impostores de seu irmão, foram batizados com tal nome; portanto, somente ele sabia que o nome e o título lhe pertenciam há mais de setecentos anos. No entanto, a anotação no caderno de Jex era bem clara:

WILLIAM, CONDE DE MÉRCIA, RESSURGIRÁ.

5

Um dos mistérios que me atormentaram desde que fui acometido pela doença gira em torno das circunstâncias do meu enterro. A primeira vez em que despertei do meu sono, meu pai e meu irmão, que desfrutara de uma vida longa e próspera, já estavam mortos. Portanto, não havia ninguém para me contar em detalhes tudo o que aconteceu.

Eles me enterraram debaixo dos muros da cidade, isso eu sei que é verdade. Durante muitos anos, dormi enquanto meu caixão de madeira apodrecia lentamente, desfazendo-se ao meu redor. Para mim, é difícil descrever o terror que senti ao acordar, pois só tive certeza de uma coisa e soube disso na hora: eu estava em uma cova.

Não fazia ideia de quanto tempo se passara nem dos poderes que eu havia desenvolvido. Tudo o que sabia naquele momento é que fora enterrado vivo, e nunca sentira tanto medo e pânico como senti ao perceber o que tinha acontecido comigo. Meu corpo entregou-se a um espasmo terrível, chutando e destruindo o que restava do meu caixão. Era enorme o meu desespero por liberdade.

O lado direito cedeu primeiro, deixando a terra entrar, o que me enfureceu ainda mais. Minhas unhas haviam crescido e se quebraram enquanto eu tentava arrancar a terra que me encapsulava. A parte oca à esquerda do meu caixão não tinha sido completamente destruída; eu lutava contra um túnel de terra instável e cheio de curvas, mas continuava gritando e arrancando a terra com as mãos como se fosse um animal preso em uma armadilha. Gritei tão alto que fiquei imaginando se um transeunte lá em cima poderia ter ouvido e temido por sua vida, pensando que um monstro ou um demônio estava prestes a emergir da terra.

Finalmente, minha mão penetrou o solo e tocou uma pedra, as fundações dos muros da cidade, e só o fato de senti-las me tranquilizou. Foi um sentimento tão forte que logo me recompus. Lá estavam as sólidas pedras da minha adorada cidade, e, tendo-as como guia, sabia que ia conseguir sair dali.

Não consigo explicar o que fiz em seguida. Tudo o que posso inferir é que meu instinto já estava alterado, que em meu íntimo já sabia que iria temer mais o dia do que a noite, mais os vivos do que os mortos.

Cavei junto à superfície das pedras, mas, em vez de subir, afundei até a fundação dos muros; a terra então se abriu diante de mim e eu caí numa pequena câmara de pedras.

Depois do choque e do susto da descoberta de estar enterrado, depois do esforço físico de cavar para conseguir minha liberdade, imagine a minha surpresa ao descobrir que o local estava mobiliado e continha baús cheios de roupas e de objetos úteis.

A princípio pensei ter caído no covil subterrâneo de alguém, mas pouco a pouco percebi que a câmara e suas adjacências tinham sido preparadas para mim. Esse é o enigma de tudo isso — alguém sabia que eu seria enterrado naquele lugar; alguém havia dedicado tempo e energia consideráveis para garantir que eu teria um lugar para viver com os objetos necessários.

O túnel, as demais câmaras e as escadas que davam para o andar da cripta permanecem os mesmos até hoje. Acrescentei mobília e itens de conforto, a maior parte retirada da igreja acima no decorrer de nossa longa história partilhada, mas a maioria já estava ali.

Contudo, apesar de todos os esforços feitos para minha comodidade, nenhuma palavra me fora deixada, nenhuma orientação para me dizer no que havia me transformado ou como iria viver, quais eram

SANGUE

os meus poderes, quais os perigos que teria que enfrentar. Ao recordar os acontecimentos, concluo que minha ignorância também fazia parte do projeto, que a intenção sempre fora que eu mesmo encontrasse meu caminho.

Ao me banhar na piscina natural pela primeira vez, comecei lentamente a perceber as mudanças ocorridas em mim. As funções do meu corpo, por exemplo, pareciam interrompidas de alguma forma. Não sentia vontade de comer. E, mesmo depois de todo o meu esforço para me libertar, não havia cheiro algum na minha pele.

Meus cabelos, minhas unhas e meus caninos haviam crescido, mas o restante de mim permanecera igual ao dia em que fiquei doente. E foi aí que vi a fonte da minha doença, as pequenas cicatrizes no interior do meu antebraço onde um dia claramente estiveram as feridas causadas por uma mordida, como se algum animal tivesse causado aquilo.

Cocei a ferida, que há muito tempo deixara de existir e era agora apenas um vestígio. Depois, mordi de leve as costas da minha mão e vi a marca que meus próprios dentes deixaram nela. Imediatamente percebi que não tinha sido mordido por um animal, mas por uma pessoa, e o que quer que fosse essa pessoa, era naquilo que eu havia me transformado.

Um demônio, era o que parecia, e pensei na estranha atmosfera que impregnou a cidade na noite em que as bruxas foram queimadas e nas semanas que antecederam o ocorrido. Era como se o próprio Diabo tivesse ido à superfície naquela noite para me pegar e me transformar num dos seus.

Muitos séculos se passaram até que eu conseguisse obter as primeiras referências sobre minha nova espécie. A maioria dos detalhes era errada, e os erros ainda permanecem, mas uma coisa era certa: as superstições e as histórias góticas se referiam a pessoas acometidas pela mesma doença que eu.

Não gosto do nome "vampiro" — soa tão melodramático, tão fantasioso. Já faz tempo que prefiro usar o termo "morto-vivo", pois essa *é a forma como me vejo há pelo menos duzentos anos. Não é isso mesmo que sou? Fui tratado como morto, enterrado, e minha morte foi registrada — no entanto, aqui estou eu, ainda vivo, congelado no tempo.*

Sou o Conde de Mércia morto-vivo. Tento viver da melhor forma possível diante dessas circunstâncias. Não escolhi ser assim, e, durante a maior parte do que posso chamar de "minha vida", acreditei ter sofrido nada mais do que um infeliz acidente — somente agora começo a entender que, embora não tenha escolhido ser um morto-vivo, de fato, fui escolhido.

Após o meu primeiro despertar, pensei que em questão de dias ou semanas iria encontrar o demônio que me escolhera, que mordera minha carne e que me infectara com sua doença. Como ele não apareceu, comecei a acreditar que eu não era do seu interesse, que ele me escolhera de forma aleatória, mas mesmo assim mantinha a esperança de que um dia nos encontraríamos.

Mas não nos encontramos. Os séculos foram se passando e devo confessar que elaborei fantasias violentas sobre essa criatura. Imaginei incontáveis formas de fazê-la pagar pelo tormento que passei.

Mesmo agora, com a promessa de que tudo isso não foi sem propósito, de que a minha maldição faz parte de um plano maior, rogo para que o desconforto do meu braço seja um anúncio dizendo-me que logo encontrarei aquele cujas ações me sentenciaram a essa eterna sobrevida.

E acho que o matarei se puder, se não por outro motivo, pela minha honra e pela honra da minha família. Mas, acima de tudo, até mesmo acima da minha necessidade de vingança, desejo fazer a ele uma simples pergunta: Por quê? Por que eu? Por que naquele dia? Por que tudo isso?

6

A igreja ainda não estava totalmente escura. Não havia luzes dentro dela, mas o brilho dos holofotes iluminava os vitrais, inundando seu interior com uma luz suave. Chegava até a parecer uma névoa fina pairando no ar.

Will atravessou o corredor central e subiu pela pequena escada helicoidal de pedra até a sacristia. Pegou a chave reserva do portão da cripta e a do grande portão de ferro da entrada lateral; deviam ser as mesmas chaves que havia devolvido em 1989 antes de retornar para debaixo da terra.

Guardou então as chaves no bolso, desceu os degraus e então abriu a porta de um dos depósitos, que ficava quase de frente para a porta que levava ao mezanino do órgão. Pegou duas velas grandes, não porque fosse precisar delas naquele momento, mas porque era melhor ir pegando aos poucos — isso fazia com que as pessoas não dessem tanta falta das coisas.

Fechou a porta e ficou ali por alguns instantes, observando a extensão do corredor central. Estava bem silencioso. Havia aquela névoa no ar e estranha luz vinda das janelas, mas havia também uma sensação inquietante naquele lugar, e Will não conseguia entender bem o que era.

Ouviu algo atrás dele, nada distinguível, mas se virou de forma casual para olhar na direção do som e imediatamente pulou de susto. Uma das velas maiores caiu de suas mãos e saiu rolando pelo corredor.

A mulher que havia tentado colocar Will para fora da igreja no começo da noite estava a poucos metros de distância, olhando para ele de uma forma que conseguia ser inexpressiva e intensa ao mesmo tempo. Mas algo estava errado.

De fato, aquela era a mesma mulher em quase todos os aspectos — os cabelos grisalhos curtos, a saia de lã e o suéter de tricô, os sapatos de couro impecavelmente amarrados —, mas seu cheiro era diferente. Ele tinha a habilidade de sentir o cheiro das pessoas da mesma forma que as pessoas comuns sentiam o cheiro de pão saindo do forno. Era inegável que a mulher era humana quando a viu antes, mas agora não havia vida nela.

Não teve tempo de reagir. Saltando violentamente pelo ar, a mulher o chutou bem no meio do peito com a força de dez homens. Ele voou para trás e sabia que a queda seria feia, mas estava impressionado demais para tentar salvar a si mesmo — ninguém jamais havia tentado atingi-lo antes, certamente nunca com uma força daquelas.

Escutou o som de algo quebrando ao cair no chão e bater a cabeça na pedra. Apesar de não ter sentido dor alguma, a pancada o deixou desorientado por um momento. Ouviu as chaves caírem durante a queda, mas surpreendentemente continuava segurando a outra vela.

Will tentou se erguer, mas novamente ficou chocado ao perceber que havia sido jogado seis metros pelo corredor. A agressora vinha na direção dele com um olhar de violenta determinação.

Ela estava quase chegando nele e Will sabia que não teria tempo de se levantar. Em vez disso, ficou de barriga para cima, curvou o corpo como se fosse uma bola e esticou as duas pernas quando ela se aproximou, batendo-as contra o peito da mulher, como ela tinha feito com ele anteriormente.

Levantou-se assim que ela foi jogada para trás, sem tirar os olhos dela em momento algum. Sentia-se intimidado, talvez até com medo, pois, pela primeira vez em séculos, não sabia o que estava

SANGUE

acontecendo. A mulher havia sido lançada pelos ares, caindo quase a mesma distância que Will caíra anteriormente, mas ele havia a acertado com um chute levemente inclinado, fazendo o corpo dela bater com tudo contra um dos pilares de pedra, ricocheteando até atingir o chão.

Naquele segundo, no momento do impacto, algo ainda mais estranho aconteceu. O corpo inteiro da mulher pareceu derreter, transformando-se em uma mancha escura no ar, e, quando chegou ao chão, já não era mais a mulher, e sim um cão negro de pelo curto.

Reconheceu imediatamente um dos cães que estavam dormindo ao lado do aquecedor de Jex, mas não acreditava que o que via era realmente o cachorro nem aquela era a mulher que conhecera antes na igreja. O cachorro sacudiu o corpo como se houvesse pimenta no focinho e se transformou mais uma vez, voltando ao estado de confusão líquida e emergindo novamente com a forma da mulher.

Will não conseguia entender por que aquela criatura estava tão determinada a feri-lo, tampouco conseguia imaginar uma forma de se defender dela. Por oito séculos esteve no topo da cadeia alimentar, sem temer nada, pois não havia outra criatura viva que tivesse poderes compatíveis com os seus.

O melhor que podia supor era que todas aquelas coisas estavam conectadas. Um poder divino o havia levado até Jex, até o caderno que podia provar o propósito de sua existência, mas um poder diferente tinha agora enviado aquele demônio para atacá-lo, talvez para destruí-lo. E ele não sabia como combatê-lo.

A mulher começou a vir na direção dele, cada vez mais rápido. Will se lembrou das chaves e logo as pegou do chão. Ela estava quase chegando nele quando Will segurou bem firme a chave maior, que abria o portão lateral da igreja, e a empunhou à sua frente como uma adaga.

A mulher pulou em cima dele, mas Will se manteve firme no lugar, mesmo sentindo a força do corpo dela esmagando sua mão. Ouviu um som dilacerante, sentiu o tremor do impacto e então o rosto dela parou a três palmos de distância do seu, ainda inexpressivo.

Ele olhou para baixo. A enorme chave negra estava incrustada no peito da mulher. Não saía sangue algum da ferida, mas, ao redor dela, a carne parecia se transformar num fluido, assim como o corpo todo tinha se liquefeito quando ela bateu no pilar momentos antes.

Will olhou novamente para ela. Lentamente, a boca da mulher se abriu, e então, numa voz distante, como se fosse um eco de alguém falando em outro cômodo, ela disse:

— A catedral está fechada. Às terças-feiras, durante o inverno, fechamos às seis da noite.

— Quem é você?

Ela sorriu e disse mais uma vez:

— A catedral está fechada. Às terças-feiras, durante o inverno, fechamos às seis da noite. — Mas agora dava para ouvir outra voz, quase oculta sob a voz da mulher, sussurrando, e, quando ela repetiu a frase mais uma vez, ele entendeu claramente as palavras: — Morra, William de Mércia.

Ele não teve chance de fazer a pergunta mais uma vez. A silhueta da mulher tornou-se transparente, transformando-se numa espécie de elemento líquido maligno. Em seguida, tão silenciosamente quanto veio, ela se foi, esvaindo-se pelo ar, deixando a chave inutilmente presa à mão estendida de Will.

Ele se virou, olhando ao redor, imediatamente temendo que aquilo fosse apenas o prelúdio para mais um ataque, mas não havia nada, nenhum som, nada no ar. O que quer que tivesse atacado Will, fora desestabilizado o suficiente para ir embora, mas ele tinha a sensação de que aquele não seria o fim.

SANGUE

Pegou a vela que havia caído e voltou rapidamente ao seu refúgio. Mesmo após fechar a porta da câmara com a pedra, sabia que não estava protegido do demônio que acabara de se apresentar a ele na igreja.

Que defesas ele poderia ter contra algo que tinha a habilidade de aparecer e desaparecer quando quisesse, de se transformar de uma coisa em outra, um demônio que parecia ter força compatível com a sua? Seu único ponto fraco parecia ser a incapacidade de manter a forma adquirida após sofrer um ato de violência extrema.

Ele também se perguntava por que a criatura teria aparecido para ele naquelas duas formas, como uma velha senhora intrometida e como um cão negro de pelo curto. Será que, de alguma forma, ela lia sua mente, transformando-se nas pessoas e nas criaturas com quem ele recentemente havia se encontrado? Talvez agora fosse aparecer para ele como Jex, ou como o bombeiro, ou até como a garota perto do rio.

Abriu o baú que continha sua biblioteca, um acervo de pouco mais de cem livros acumulados no decorrer dos séculos, alguns deles pegos da biblioteca da igreja, outros, da vasta cidade. Lera milhares de livros em todos esses séculos, mas tinha se desfeito de vários, apagando-os até de sua memória.

Aquele baú continha todos os livros que Will considerava importantes o suficiente para guardar como um tesouro. Observava cada um deles; eram volumes pesados empilhados uns sobre os outros, com páginas e capas antigas, de pergaminho e couro, protegidos da poeira e do tempo pelo baú no qual ficavam trancafiados.

Havia obras em latim e grego, e muitas outras em inglês. Na verdade, em muitas variedades da língua inglesa, mapeando o desenvolvimento de sua língua materna no decorrer de todo aquele tempo. Ele ainda conseguia entender o inglês manuscrito e elaborado de sua infância com a mesma facilidade com que conseguia ler os rabiscos encontrados no caderno de Jex, apesar de serem praticamente duas línguas diferentes.

Pensar no caderno fez com que fechasse o baú novamente. Sabia que não haveria nada nos livros de sua biblioteca que pudesse ajudá-lo a entender o que tinha acabado de acontecer na igreja. Se houvesse algum tipo de resposta em algum lugar, ela estaria no próprio caderno, pois Will tinha convicção de que os acontecimentos estavam interligados.

Sentiu um leve ardor na pele, um sexto sentido dizendo-lhe que o sol nascia na cidade acima. Sabia como a cidade estava diferente agora, mas, quando pensava nela ao amanhecer, não conseguia deixar de visualizar as alvoradas da sua infância, e um sentimento arrebatador de tristeza o dominou. Tristeza pela mãe que nunca conhecera, pelo meio-irmão que conseguira envelhecer, morrendo com idade avançada, pelo pai que chorara a sua morte, pelo mundo perdido de uma outra Inglaterra.

Will se jogou numa cadeira com o caderno em mãos e passou a folheá-lo. Era nisso que o mundo havia se transformado, em Jex e cães vivendo num armazém abandonado onde antes havia campos, cercados por luz, e em ruídos e máquinas onde antes havia tranquilidade.

Mas seu humor melhorou ao pensar nas coisas que permaneceram no decorrer dos séculos: a cidade com seus muros, alguns dos edifícios e algumas das ruas, e, acima de tudo, aquela igreja, um imponente marco da passagem do tempo. E as pessoas propriamente ditas, algumas das quais poderiam muito bem ter vindo com ele de seu próprio passado, parando apenas para trocar de roupa.

Vislumbrou o retrato da garota e parou com os devaneios, abrindo o caderno para vê-lo mais uma vez. Havia algo nela que o encantava e ele não sabia se era simplesmente a beleza, pois, de uma

SANGUE

forma infeliz, ela *era* bonita, ou um sentimento mais profundo de que ela fazia parte de tudo aquilo.

Ele não acreditava totalmente em presságios e profecias, mas Jex dera-lhe um sinal estranho e enlouquecido na forma daquele caderno e das palavras proferidas antes de morrer. Aquilo indicava um destino, assim como o demônio lá em cima indicava haver forças que queriam impedir que esse destino fosse alcançado. E se Will tinha entendido corretamente, aquela garota *era* parte do destino, talvez fosse até a chave. Se ela era a garota sobre quem Jex falara, então Will precisava dela, e, embora fosse bem provável que ela não soubesse disso, ela também precisava dele.

7

A entrada do velho depósito da cafeteria era claramente o local de preferência da garota para passar a noite, mas, agora que Will olhava para ela novamente, não tinha tanta certeza de que ela estaria disposta a ajudá-lo com qualquer coisa.

A garota tinha uma expressão nada amigável, uma hostilidade que a princípio parecia estar voltada para si mesma, mas que podia ser redirecionada para qualquer um que fosse tolo o suficiente para conversar ou tentar fazer amizade com ela.

Por que ela estava ali, ele se perguntava, e o que tinha acontecido para que ela achasse melhor passar o inverno naquele local abandonado? Talvez não houvesse nenhuma razão específica para a infelicidade da garota — ele sabia que a tristeza nunca precisava de uma explicação para existir e, frequentemente, chegava sem ser anunciada nem convidada.

A animosidade era um problema maior. Will queria saber seu nome e quem ela era, mas para fazer isso era preciso iniciar uma conversa, e, apesar de ter muitos anos a mais que a garota, não conseguia imaginar o que poderia lhe dizer para que obtivesse mais sucesso do que na noite anterior.

Naquele exato momento, ele nem estava na mesma margem do rio que ela. Estava a observando das sombras de um armazém em ruínas do outro lado do rio. Estava ali por quase uma hora e durante todo o tempo ela mal saiu do lugar. Estava sentada como alguém num transe de profunda tristeza, contemplando a escuridão como se houvesse apenas infelicidade à sua frente.

SANGUE

A princípio, Will tinha esperança de que ela pudesse estar à espera dele, mesmo sem saber disso. E amaldiçoou a si mesmo por ter se esquecido de trazer o caderno, pensando que teria mais condições de persuadi-la a fazer parte da sua causa simplesmente por mostrar a ela o desenho feito por Jex.

Mas, conforme o tempo passava, ficava cada vez menos convencido de qualquer coisa. Não acreditava mais que ela pudesse ou quisesse ajudá-lo. Começou até a acreditar que as coisas escritas no caderno não passavam de rabiscos insanos influenciados pela droga — somente o ataque na igreja o convencia do contrário.

Mesmo assim, decidiu que naquela noite iria apenas cumprimentá-la ao passar pela rua, fazendo com que ela fosse se acostumando com a presença dele antes de tentar uma conversa mais significativa. Talvez fossem necessários vários dias até ela estar pronta, mas qual a importância do tempo para ele?

Um barulho perto da ponte e do armazém em reforma tirou a sua concentração. Um grupo de rapazes mais velhos, todos vestidos quase inteiramente com roupas e sapatos muito brancos, um estranho branco sem vida, estava reunido enquanto um deles atacava os andaimes com uma barra de ferro que haviam encontrado por ali.

O barulho do metal batendo contra outro metal ecoava pela noite, como um alarme de advertência sobre um terrível perigo que se aproxima. Os outros rapazes davam gritos encorajadores, usando vocabulário chulo, mas Will mal conseguia ouvir o que diziam.

Depois de um minuto ou dois, um homem apareceu em uma das varandas do prédio invadido e gritou com eles, que retribuíram os gritos, mas foram se afastando. O rapaz com a barra de ferro a girou sobre a cabeça, arremessando-a. A barra não foi muito longe, apesar de todos os seus esforços, indo parar no rio e espirrando a água num ruído abafado.

Os rapazes continuaram a vagar sem objetivo, acotovelando-se, gritando e rindo. Faziam parte da escória, pensou Will, e era óbvio que deviam estar desempregados, assim como seus pais nos anos 80, e a polícia também não os assustava.

Olhou para a garota e percebeu que os rapazes iam na direção dela. Ela não parecia preocupada, mas Will logo ficou extremamente apreensivo, temendo que algo pudesse acontecer a ela. Tinha esperança de que os rapazes mudassem o caminho antes de chegarem até lá.

Viu um deles apontar para um local entre dois armazéns e dizer algo sobre um incêndio. Will inferiu que ele estava sugerindo que fossem explorar o depósito incendiado na noite anterior e torceu para que os demais concordassem, mas ninguém se animou com a ideia e continuaram seguindo em frente.

A garota permanecia no mesmo lugar, sentada na soleira, e por um momento pareceu que o grupo de rapazes ia passar por lá sem nem se dar conta da presença dela. E foi então que o mesmo rapaz que tinha expressado interesse pelo incêndio a viu e disse alguma coisa que chamou a atenção dos demais.

Will não conseguia entender, mas começou a se sentir mal enquanto observava, pois temia que causassem a ela algum tipo de violência. E mesmo assim, a princípio, os garotos pareceram manter distância, falando baixo; o instinto de Will dizia que estavam prestes a aprontar alguma coisa.

E acabaram aprontando mesmo, embora, pelo menos até o momento, o ataque tivesse proporções menores do que imaginara. O rapaz que antes estava com a barra de ferro foi e voltou correndo da soleira em que ela estava, trazendo consigo uma mochila preta.

A garota se levantou; era surpreendentemente alta, mais alta do que alguns de seus agressores, mesmo levando-se em consideração o degrau em que estava.

SANGUE

— Devolva isso para mim! — O seu tom de voz era bem determinado e fez com que Will percebesse a diferença entre a fala dela e a dos agressores. Ela tentava disfarçar, mas se expressava como alguém que teve uma vida privilegiada, que recebeu boa educação, boa criação, pelo menos até a provável calamidade que a levou a morar numa soleira.

Os rapazes arremessavam a mochila um para o outro, sem demonstrar curiosidade para ver o que havia dentro dela, mas começavam a ficar mais agressivos.

— Devolva! — repetiu ela.

O garoto que segurava a mochila retrucou:

— Ou você vai fazer o quê?

Antes que ela pudesse responder, o mais alto do grupo, que era gordo e tinha as bochechas avermelhadas, mas pouco simpático, disse:

— Você devia sentar. — Ele a empurrou com força e ela caiu para trás na soleira, indo parar em cima de uma mala maior.

Os rapazes gargalhavam, animados, apenas começando a perceber o quanto poderiam se divertir à custa dela. O rapaz da barra de ferro pegou a mochila novamente e começou a abri-la, dizendo:

— Vamos ver o que tem aqui dentro?

Will não viu mais nada. Saiu de onde estava e seguiu pela lateral do prédio, afastando-se do rio. Depois de dez passos, virou-se e correu de volta para o rio, ganhando impulso e saltando do cais de pedra que o margeava.

Era uma distância de aproximadamente dez metros, mas sabia que conseguiria, não porque já tivesse saltado antes, mas porque instintivamente sabia do que seu corpo era capaz. Da mesma forma confiante com que saltava por um riacho quando criança, ele também foi parar na outra margem do rio com tanta facilidade que os rapazes sequer o ouviram.

Enquanto Will se aproximava, o garoto da barra de ferro tirou um livro da mochila, olhou para ele com desdém e o jogou por cima do ombro. O livro caiu na água parada com um *baque*, e a gangue toda caiu na gargalhada.

O líder do bando foi mexer na mochila de novo quando subitamente avistou Will e parou. Parecia cheio de raiva, mas Will achava que também havia algo maligno naqueles rapazes — tinham uma expressão de agressividade e maldade, os cabelos eram curtos, mas cheios de gel, e as cabeças tinham um formato estranho. Usavam brincos e tinham tatuagens no pescoço e nas mãos.

O rapaz da barra de ferro apontou para ele e riu, fazendo com que os outros se virassem e encarassem Will enquanto ele dizia:

— É a noiva do Drácula. Veio salvar a bruxa, é?

Era uma frase tão estranha que Will nem soube como responder imediatamente. Pensou naquelas bruxas queimando há tantos anos, ciente agora de que elas nunca foram nada disso, de que não passavam de mulheres que não encontraram seu lugar na sociedade e foram vítimas da maldade, da ganância e da desconfiança.

E, mais importante ainda, por um breve momento perguntou a si mesmo se o rapaz sabia quem ele era, mas deixou esse pensamento para lá rapidamente. Ele havia chamado Will de mulher por causa dos cabelos longos, e de Drácula por causa das roupas pretas e da pele clara. Aqueles rapazes eram covardes, dava para ver, e, se fizessem a menor ideia de quem ele realmente era, já estariam correndo.

Voltou a si, lembrando-se do motivo de estar ali. Virou-se primeiro para o rapaz gordo e alto e disse:

— Jamais bata numa dama novamente.

O garoto gorducho apresentava uma expressão de incredulidade e ainda tentava esboçar uma resposta agressiva o suficiente quando Will o atingiu no rosto com as costas da mão.

SANGUE

Era mais para insultar do que para ferir, mas percebeu que algo cedeu na boca do garoto, possivelmente um dente quebrado, e o impacto causou um corte no canto dos seus lábios. O golpe o derrubou, e na mesma hora Will sentiu o cheiro de sangue em suas próprias mãos — ele não precisava de sangue, e não precisaria por algum tempo, mas o cheiro era tentador e o perturbava.

Os outros rapazes ficaram furiosos, mas olhavam com nervosismo para o amigo que gemia no chão, e Will percebeu que recuavam um pouco. Também não paravam de olhar para o rapaz da barra de ferro. Era óbvio que ele era o líder do grupo, apesar de estar longe de ser o mais alto ou o mais fisicamente imponente.

O rapaz estava decidindo o que fazer. Olhou Will de cima a baixo e disse:

— Então, valentão, acha que consegue derrubar todos nós, hein?

Antes que Will pudesse responder, o garoto jogou a mochila com toda força em cima dele. Will a pegou e colocou no meio-fio. A garota ainda estava no chão sobre a mala e ele pensou que talvez ela tivesse batido a cabeça ao cair. Mas sabia que estava viva.

Virou-se para o garoto da barra de ferro, cuja expressão era ainda mais agressiva e mais cheia de maldade, e viu o brilho de uma navalha. Um genuíno covarde, pensou Will.

Um dos rapazes disse:

— Deixa para lá, Taz, não vale a pena.

O rapaz que queria visitar o local do incêndio também se aproximou e disse, sem convicção alguma:

— É, Taz, fica frio.

O quinto membro da gangue não disse nada. Era um ou dois anos mais novo, talvez tivesse 14 ou 15 anos. Will percebeu que o garoto o encarava e que somente ele tinha intuição suficiente para saber que Will não era quem aparentava ser.

Taz — esse parecia ser o nome do rapaz da barra de ferro — não foi convencido. Pulou no ar com o canivete e disse para Will, para os outros e talvez para si mesmo:

— Estou frio. Você quer briga? Pode vir, gótico.

Will deu um passo rápido na direção dele. Ao fazê-lo, percebeu os conselheiros de Taz dando um passo para trás. O gorducho ainda estava gemendo no chão e xingando por causa do dente. Somente o quinto rapaz continuava no mesmo lugar, o olhar fixo, hipnotizado.

A lâmina brilhou novamente quando Taz atacou de forma abrupta e pareceu assustado ao perceber que Will havia segurado seu punho com uma das mãos, apertando firme. Abriu a boca para falar, mas a mão de Will esmagava seus dedos em volta da navalha, e a pressão começava a ficar forte.

Will olhou nos olhos dele, pegando-o como um gancho que o retirava do mundo que conhecia. Taz não conseguia mais ver nem ouvir seus amigos, não sabia mais se era noite ou dia nem onde estava. Perdeu a capacidade de gritar; por mais que seu rosto expressasse dor, ele permanecia mudo e seu olhar cheio de lágrimas nem por um segundo se desviou de Will.

Will apertou com mais força e sentiu a pressão ceder quando um dos dedos que seguravam a navalha se quebrou, e depois outro. O som dos dedos se quebrando lentamente foi o suficiente para fazer com que dois membros da gangue saíssem correndo noite afora.

Will ouviu os passos misturando-se ao barulho da cidade, em seguida soltou a mão e ouviu a navalha cair no chão. Sorriu e disse tranquilamente:

— Corra para casa, Taz, e nunca mais volte aqui.

Will se afastou e observou Taz voltar a si, olhar para a mão quebrada, gritar, tropeçar e sair correndo. O gorducho gritou por ele ao perceber que tinha sido deixado para trás, ficou em pé

SANGUE

e foi cambaleando na mesma direção, ainda xingando por causa do dente.

Houve um movimento súbito na soleira e a garota voltou a si, dizendo furiosa:

— Ai! Que droga! — Segurava a cabeça com uma das mãos enquanto procurava a mochila com a outra.

Mas Will não foi até ela. Em vez disso, olhava para o quinto membro da gangue, que ainda estava exatamente no mesmo lugar em que ficou o tempo todo. Não parecia estar com medo algum, e também não parecia ameaçador — sua expressão era de alguém que havia acabado de passar por uma experiência de revelação ou de conversão religiosa.

Sem dizer nada, ele se agachou e pegou alguns pequenos objetos, coisas que Taz havia tirado da mochila antes da chegada de Will. Em seguida, aproximou-se para entregá-los a Will. Devia ser mesmo corajoso, pois ele sequer recuou quando Will esticou a mão para pegá-los.

— Sinto muito pelo livro — disse o garoto. Bem de perto, Will percebeu uma pequena cicatriz na sua bochecha direita.

— Obrigado — disse Will, e o garoto coçou a cicatriz como se ela estivesse incomodando, e depois foi embora.

Ele olhou para trás várias vezes e, quando chegou à rua principal, parou e acenou. Will retribuiu o aceno, e o garoto desapareceu na cidade.

— O que aconteceu?

Will virou-se para ver a garota, que estava na ponta do degrau, massageando a cabeça.

— Acho que você bateu a cabeça.

— Fofo, mas bobo, que sorte a minha!

— Como?

— Nada, não. Eu sei que bati a cabeça. O que eu quis dizer foi... — Ela pareceu incrédula quando perguntou: — Você deu uma surra neles ou algo assim?

— Na verdade, não — disse, aliviado por ela não ter visto grande parte dos acontecimentos.

— Então não devo nada a você?

— Claro que não e também não me deveria se eu *tivesse* de fato brigado com eles — respondeu, lembrando-se de entregar a ela os objetos em sua mão. — Ele pegou isso da sua mochila. Pegou um livro também, mas jogou no rio.

Um dos objetos era um pingente de metal de formato estranho numa corrente de couro, o outro era um pedaço de plástico. Ela parecia tão aliviada em ver suas coisas que baixou a guarda pela primeira vez, rindo ao pegá-las da mão dele.

— Graças a Deus! Não sei o que teria feito se o tivesse perdido.

Ele imaginou que ela estivesse falando do pingente e disse:

— Talvez fosse melhor colocá-lo no pescoço.

Ela lançou um olhar confuso primeiro e depois riu novamente, dizendo:

— Não, não o colar, o cartão de memória. — E mostrou para ele o pedaço de plástico. — Todas as minhas coisas estão aqui. É sério, a minha vida toda está dentro disto.

Will concordou com a cabeça, concluindo que deveria ter ocorrido uma grande revolução tecnológica desde seu último período de atividade.

— Como está a sua cabeça?

Ela jogou o cartão de memória e o pingente na mochila e disse:

— Sinto um pouco de tontura, mas acho que estou bem. É bem provável que comece a doer pela manhã, mas... — Ela parou de forma abrupta e disse: — Desculpe, devia ter dito antes, obrigada por me ajudar. Meu nome é Eloise.

SANGUE

Eloise — finalmente, alguém com um nome conhecido.

— De nada. Meu nome é Will.

— Quantos anos você tem?

— Dezesseis.

— Quando você faz dezessete?

— Meu aniversário é em março — disse ele, tomando cuidado para não responder à pergunta.

— Faço em outubro, então, tecnicamente, você é mais velho, mas as garotas amadurecem mais rápido.

— É verdade — disse, não dando margem para mais assunto. Ele não era apenas muito mais velho do que ela, era também um inseto preso no âmbar. Eloise iria celebrar seu aniversário de 17 anos em onze meses, mas ele jamais celebraria o seu. Num futuro próximo, ela se tornaria adulta, se casaria, teria uma família, envelheceria. Quanto a Will, ele sempre seria o garoto de 16 anos que ela agora via.

— Você parece triste — disse ela.

— Estou, um pouco, mas logo passa.

Eloise concordou com a cabeça, mas logo apresentou uma expressão zombeteira de desconfiança e o provocou, dizendo:

— Você estava me espionando, Will? É bem conveniente estar passando por aqui bem na hora que eu precisei de um herói.

— Eu realmente estava passando por aqui na hora certa, mas vim aqui para ver você.

— Por quê?

— Não sei. Por que uma pessoa quer conhecer outra?

Ela se mostrou surpresa diante da objetividade dele, talvez percebendo que ele era mais maduro do que os outros garotos que conhecia. Ela quase correu o risco de ser conquistada, mas então, como se tivesse se lembrado da antiga frieza, suas feições endureceram.

— Foi um gesto legal, e sou muito grata a você por ter mandado embora aqueles... — Esforçou-se para pensar na palavra negativa adequada para descrevê-los, mas acabou desistindo. — É que, Will, não preciso de amigos agora. Estou aqui porque quero ficar sozinha. Não quero conhecer pessoas.

— Eu entendo — disse Will, recuando, mas ainda sem desistir. — Mas tinha mais um motivo também. Alguém que acabou de morrer me deu um caderno, e tinha um desenho seu nele.

Eloise pareceu intrigada, mas não o suficiente para ser convencida. Mesmo assim, ela perguntou:

— Era o vendedor da *The Big Issue*?

— Sim, você o conhecia?

Ela balançou a cabeça expressando dúvida ao dizer:

— Não, não de verdade, mas ele sempre falava comigo. Tipo, de um jeito macabro. O que você quer dizer com desenho?

— Do seu rosto. E tinha outro na parede do... — Ele não queria dizer "choça" e ficou tentando se lembrar da palavra usada nos anos 80. — Do abrigo dele. Acho que foi destruído no incêndio.

— Dizem que ele se matou, mas tenho certeza de que ele era viciado, então acho que pode ter sido um acidente.

— Você nunca posou para ele?

— Meu Deus, não! Eu realmente não o conhecia. Ele só falava comigo quando o encontrava na rua. E ele me deu aquele colar, o que você acabou de achar, disse que estava destinado a mim ou algo sinistro assim. Sabe, acho que ele passou tempo demais na Índia ou em algum lugar parecido. Se soubesse que estava me desenhando, teria ficado bem assustada.

— Posso imaginar. — Will pensou no assunto e percebeu ser bem provável que ela não fizesse parte de nada daquilo, que acreditar que ela fosse algo além de uma garota de rua era apenas seu próprio desejo. E ela era bonita e agradável de conversar, mas ele

SANGUE

sabia, por experiências passadas, que não era seguro ter amigos, muito menos agora, por isso despediu-se. — Bem, boa-noite.

Começou a se afastar, mas Eloise pareceu mudar de ideia, ou pelo menos ficar curiosa, e chamou por ele:

— Will, espere.

Quando ele se virou, ela se levantou com um pulo e caminhou na sua direção, mas hesitou como se tivesse perdido o equilíbrio. Parou e apoiou uma das mãos na parede e a outra na cabeça.

Ele fez menção de ir ajudá-la, mas ela disse:

— Estou bem, sério. Acho que é só uma concussão ou algo assim, só isso. Eu só... Você não me explicou por que queria falar comigo sobre aquele cara... Na verdade, deixa para lá, você acha que podemos tomar uma xícara de chá ou qualquer outra bebida? Estou me sentindo meio trêmula.

— Claro.

— Que bom! Há um café vegano dentro do portão que fica aberto até mais tarde. Podemos ir até lá.

Ele concordou com a cabeça, mas indagou:

— O que é vegano?

Eloise riu.

— Você está me zoando?

— Como? — Subitamente Will sentiu dificuldade de entender tudo o que ela estava dizendo, como se fosse ele que tivesse recebido a pancada na cabeça.

— Você não sabe o que é vegano? — Ele fez que não com a cabeça e ela disse:

— É alguém que não come absolutamente nada que seja produzido por animais.

— Ah, entendi, como os vegetarianos. E você é vegana?

— Não. — Ele ficou meio desapontado com a resposta, gostara da ideia de ela ser vegana e ele ser a pessoa que sobrevivia exclusivamente do produto mais humano de todos. — Só vou esconder minha mala e vamos.

Ele a observou retirar um dos tapumes quebrados do lugar e empurrar a mala para dentro dele. Pegou a mochila e disse:

— Tudo bem, Will, vamos.

Eles começaram a andar e, por mais que soubesse que aquilo não era uma boa ideia, ele estava feliz por não estar sozinho. Quase se esqueceu do ataque na igreja na noite anterior, das profecias rascunhadas no caderno, até mesmo do próprio pensamento de haver um destino para ele. Naquele momento, só conseguia pensar que ela era quase tão alta quanto ele, que os dois estavam vestidos de preto, os dois eram pálidos e caminhavam juntos como se fossem uma só pessoa — era quase como se fossem destinados a estarem juntos.

8

Viraram à esquerda dentro do Portão Sul e depois à direita numa viela que não dava acesso a carros e demais veículos, mas era bem provável que nenhum carro conseguisse passar por um lugar tão estreito como aquele. Havia prédios com formatos irregulares por toda a extensão dos dois lados da rua, que culminava sinuosamente na igreja.

Não tinham ido muito adiante pela rua quando Eloise parou e disse:

— É aqui.

Will olhou para o prédio com estrutura de madeira, os andares superiores projetando-se para a rua. Lembrou-se da época em que o local ainda era novo, no período após sua segunda hibernação. A construção era mais regular na época, mais limpa, mas não era muito diferente.

O local se chamava Terra Plena, e a placa de madeira pendurada na frente estava decorada em cada canto com um pentagrama: a estrela de cinco pontas tão apreciada por magos e místicos.

— Aqui costumava ser uma taverna — disse Will, pensando alto. — Durante muito tempo se chamou O Homem Verde.

Eloise olhou para ele, confusa, e disse:

— Como você sabe disso?

— Minha família viveu aqui por muitos séculos. Acho que alguém deve ter me contado quando eu era menor.

Ela pareceu satisfeita com a resposta e entrou no local na frente dele. Já passava das dez, mas o lugar estava bem cheio. Quase todas as mesas estavam ocupadas, a maioria por pessoas que se pareciam com Jex e Eloise ou com uma variação dos dois; estavam tomando sopa ou comendo sanduíches de pão caseiro e saboreando bebidas quentes em canecas compridas de vidro e metal.

A iluminação era indireta, com velas e lampiões, o que era apropriado para os olhos de Will, e grande parte da decoração insinuava bruxaria ou magia, bem como outras coisas que pareciam vir do Oriente. Ele não conseguia entender muito bem a confusão de imagens e o significado de todas elas juntas.

Eloise mostrou o caminho até uma saleta. Havia apenas duas pessoas ali, sentadas no canto; uma mulher de óculos e um homem barbado que tinha o cheiro da morte, apesar de Will achar que ele não soubesse disso ainda, a julgar por seu estado de espírito alegre.

Sentaram-se num canto revestido de madeira, com um simples desenho em preto e branco na parede, que parecia ser o de sete bruxas na fogueira. Eloise acompanhou o olhar de Will e disse:

— Não sei o quanto é verdade, mas a história diz que as bruxas foram trazidas para cá antes de serem queimadas. Acho que faria sentido se aqui tivesse mesmo sido uma taverna.

Will olhou para ela, querendo lhe contar que aquele edifício ainda não existia na época, que aquelas pobres mulheres jamais teriam tido a concessão de tais comodidades, mas distraiu-se ao contemplar a sua face diretamente do outro lado da mesa. Era a primeira vez que a via tão de perto.

A pele dela parecia menos pálida no ambiente fechado. Seus lábios eram carnudos e delicados, os olhos do mais puro azul, um azul que o fazia lembrar o céu de verão durante o dia, algo que jamais voltaria a ver.

Olhar nos olhos dela causava-lhe o estranho efeito de sentir uma saudade enorme de uma tarde da qual não se lembrava totalmente, uma sensação de paz desconexa que parecia perdida no tempo. Ele tentou se lembrar de quando tal tarde poderia ter ocorrido, mas não

SANGUE

conseguiu, era quase como se fosse uma tarde a ser vivida ainda, por mais impossível que isso pudesse ser.

— O que você está olhando?

— Desculpe, não tinha intenção de encarar você. É que eu gosto dos seus olhos.

— Pode ficar com eles se quiser. — A reação dela à expressão confusa de Will foi rir e dizer: — Estou brincando. Nem sei o que eu quis dizer com isso. Obrigada. E você também tem olhos bonitos; olhos bondosos.

Talvez tenha havido bondade neles um dia, mas hoje isso não era mais verdade.

Ele olhou para os cabelos dela e perguntou:

— A cor dos seus cabelos não é natural, é?

— Quem me dera — disse, passando a mão distraidamente pelos cabelos antes de penteá-los para trás, quase como se fosse fazer um rabo de cavalo. — Eram castanhos, mas você tem razão. São tingidos. Os seus também são?

— Não — respondeu, pura e simplesmente.

Já fazia um tempo que estava sentindo um leve desconforto na antiga ferida do braço, mas agora a dor aumentou, intensificando-se de tal forma que dava vontade de coçá-la. Não queria fazer isso, pois não sabia como Eloise poderia reagir.

Enquanto lutava para resistir ao impulso, uma mulher atraente apareceu ao lado da mesa e sorriu para Eloise. Era bem magra e bronzeada, com cabelos loiros presos para trás e uma argola de metal no nariz. Usava jeans e uma camiseta estampada de vermelho e amarelo que era tão pequena e tão justa que serviria facilmente numa criança. Os pulsos estavam adornados com o mesmo tipo de pulseiras e braceletes que Will tinha visto em Jex.

— Olá, Ella, quem é seu amigo?

— Oi, Rachel, este é o Will.

A mulher virou-se e olhou intensamente para Will, sorrindo.

— Oi, Will, bem-vindo ao Terra Plena.

— Obrigado — disse ele, esperando que ela se virasse para o outro lado, a velha ferida ardendo com força total. Mas ela o encarou por um bom tempo, tentando esconder o que parecia ser uma expressão de intensa curiosidade. Era quase como se o tivesse reconhecido, e agora ele se perguntava se o ardor da ferida não poderia ser uma reação à sua presença.

— Certo, o que os dois vão querer? Algo para comer?

— Para mim, não — disse Eloise. — Só quero um chá de camomila.

— Vou querer o mesmo, obrigado.

— Já volto com o pedido de vocês — disse Rachel ao sair, fazendo o piso antigo ranger mesmo sendo tão pequena e leve. Will não sabia dizer ao certo se o desconforto em seu braço havia diminuído quando ela se afastou ou se era apenas a sua imaginação.

Tentando desviar a desconfiança do pensamento, ele disse:

— Ela chamou você de Ella.

Eloise olhou ao redor para ter certeza de que ninguém mais estava ouvindo, e percebeu que o casal na mesa ao lado estava muito concentrado em si mesmo, rindo de forma muito íntima.

— Não queria que as pessoas soubessem meu nome verdadeiro, só para garantir, sabe? — Ele concordou com a cabeça, supondo que ela estava tentando dizer que estava fugindo, que sua família podia estar procurando por ela. Como se tivesse ouvido os pensamentos de Will, ela continuou a falar. — Também sou órfã.

— Ah, sinto muito — lamentou, repetindo em seguida a mesma pergunta que ela havia feito a ele na noite anterior. — Há quanto tempo?

— Quando eu era bebê. Acidente de carro. Meus pais, irmão e irmã, todos mortos. Eu não sofri nem um arranhão. Era pequena demais para me lembrar de alguma coisa.

SANGUE

— Que triste! — Will pensou na infância de Eloise, sabendo que um dia ela teve uma família inteira, mas sem nunca realmente tê-los conhecido. — É por isso que você...?

Ele tentou encontrar as palavras certas para expressar as circunstâncias atuais, mas ela se antecipou, dizendo de forma determinada:

— Meu Deus, não! Fui criada pelo meu tio e pela minha tia e, sabe como é, a partir dos 7 anos fui para um colégio interno. Não, nunca passei necessidade.

— Então, por que você está vivendo na soleira de uma porta?

Antes que ela pudesse responder, Rachel voltou com dois chás de camomila; o líquido claro era visível através das canecas de vidro, com alças ornamentadas em metal. A ferida não ardeu, então talvez tivesse *mesmo* sido imaginação dele.

— Duas xícaras de chá de camomila por conta da casa.

— Obrigado — disseram os dois juntos, Eloise parecendo surpresa. Rachel sorriu para ela, mas, novamente, Will percebeu que ela o encarou quando se virou para ir embora; os olhos dela fixaram-se nos dele por um momento um pouco mais longo que o normal.

Ele sabia que sua aparência chamava atenção, mas sentia que havia algo mais, mesmo sem saber o que era exatamente. Tendo ou não a sensação em seu braço sido uma reação a Rachel, era inegável que havia algo estranho na reação daquela mulher.

Eloise não havia percebido nada e disse:

— Rachel e Chris são bem legais. Ganharam muito dinheiro com o *boom* das empresas pontocom, viajaram como mochileiros por um tempo e acabaram comprando esse lugar. Eles têm uns 30 e poucos anos, sabe? Sério, espero ter tanto estilo quanto eles quando chegar nessa idade.

Ele havia entendido apenas metade do que ela dissera, por isso resolveu repetir a pergunta feita havia pouco.

— O que aconteceu com você? Por que você está vivendo na soleira de uma porta?

Ela expressou constrangimento, mordendo os lábios ao dizer:

— Foi um erro, algo que só... Tudo bem, lá vai. Meus tios se divorciaram quando eu entrei na escola interna. Eles não tiveram filhos, então acho que só ficaram juntos até eu ter idade suficiente para poder ser matriculada. Passei as férias indo da casa de um para a do outro desde a separação; ficava mais com a minha tia, apesar de ela não ser meu parente de sangue. Pode me dizer se o assunto estiver chato.

— Claro que não, por favor, continue. — Will percebeu que ela nunca tivera a oportunidade de falar sobre isso com ninguém e aquilo trazia conforto a ele também, pelo som da voz dela, pelo simples fato de estar em companhia humana, de dividir um espaço com outra pessoa.

Eloise tentou beber o chá, mas estava quente demais, então colocou a caneca de volta à mesa, continuando sua história.

— Então, nesse verão, nenhum dos dois estava por aqui. O tio Matt foi a trabalho para a China com sua nova namorada. A tia Lucy foi fazer um cruzeiro ao redor do mundo, olha só que coisa brega! Então, fiquei sozinha na casa de Lucy, que fica no meio do nada, e não conheço ninguém por lá, só a empregada e ela não fala a nossa língua. Daí, entrei na maior crise e descobri que uma das minhas supostas melhores amigas convidou outra amiga, e um garoto, para visitarem a casa da família dela na Itália e nem mesmo me contou.

Ela fez uma pausa e tentou tomar o chá novamente, dizendo:

— Tá bom, sei que parece pouco, mas eu estava sentindo muita pena de mim mesma, me senti completamente sozinha no mundo, como se ninguém fosse sentir a minha falta, e estava com ódio de pensar que tinha que voltar para a escola, então simplesmente... não voltei. Peguei o trem até aqui e não continuei até a escola. Foi até fácil.

— E está vivendo na rua desde então?

SANGUE

O homem no canto da saleta ouviu o que ele disse e expressou um olhar de preocupação, esticando o pescoço para tentar ver quem mais estava ali. Will olhou para ele, deixando o homem desconcertado o suficiente para virar o rosto. Sentiu vontade de ir até ele e dizer:

— *A doença que você tem está no sangue e no coração, e, embora ainda não saiba, você está praticamente morto, tão morto que eu jamais o usaria como alimento.*

— Faz dois meses. No começo não era tão ruim, mas tenho que admitir, agora que está ficando mais frio... — Ela se mostrou distante e depois disse: — Sendo bem honesta, me sinto uma fraude.

— Por quê?

Como se não fosse necessário explicar, respondeu:

— Porque eu tive uma vida privilegiada, e as pessoas que vivem nas ruas aqui e em outros lugares fazem isso por falta de opção. Crianças que sofreram abusos, viciados... Entende? Digo, até mesmo aqueles meninos que estavam me perturbando hoje à noite... E, falando nisso, obrigada. Eu já te agradeci pelo que você fez?

— Já, e eu nem fiz muita coisa.

Eloise concordou com a cabeça, incerta, e disse:

— Bem, obrigada novamente. Mas aqueles meninos provavelmente tiveram bem menos na vida do que eu.

Will pensou nos rapazes, vestidos de branco no inverno, perguntando-se como poderiam estar vestidos daquela forma vivendo tão mal como ela imaginava. Ele não tinha dúvidas de que pertenciam à classe baixa da sociedade, mas, à primeira vista, suas vidas estavam claramente longe da pobreza de qualquer outro período que testemunhara até o momento.

— Então, se você se sente uma fraude e o tempo está esfriando, por que continua por aqui?

Eloise pareceu ficar ainda mais constrangida e olhou para o chá por alguns segundos antes de responder:

— Em parte, acho que é porque é difícil demais admitir que cometi um erro. Meu plano atual é aguentar até o Natal, depois voltar e dizer que estava pesquisando para um livro sobre a adolescência nas ruas. Mas não vão acreditar, não é?

— Você é escritora?

— Gostaria de ser — disse, apontando para o chá dele. — Você nem tocou no seu chá.

— Não, não estou com sede. — Sabia que sua explicação não seria suficiente, então logo emendou: — Talvez você tenha feito o que fez por uma razão. Talvez você tenha ficado por algum motivo, apenas não sabe ainda qual é.

Ela perguntou num tom provocativo:

— Conhecer você, por exemplo?

— Talvez — disse ele, sorrindo, divertindo-se com o fato de que ela jamais iria imaginar o que ele realmente quis dizer.

— Veremos. — Ela terminou o chá e perguntou: — Você não vai tomar o seu? — Ele fez que não com a cabeça e ela trocou os copos para beber o dele. — Então, agora que sabe tudo sobre mim... Qual é a sua história? Como você ficou órfão? Há quanto tempo está aqui? Onde você mora? Todas as coisas importantes.

Antes que ele pudesse responder, Eloise levou o dedo à boca, apesar de ele não precisar ser avisado da aproximação de alguém. A ardência no braço ficou mais intensa subitamente, uma dor bem parecida com a que sentiu ao ler o caderno de Jex pela primeira vez.

Esperava que fosse Rachel de volta, mas foi um homem quem entrou na sala. Ele era alto, magro e bronzeado. Tinha cabelos curtos, loiros e encaracolados. Pela aparência e pela forma como estava vestido, Will concluiu que fosse Chris. E, se a ferida no braço de Will estava tentando dizer alguma coisa, era que Chris era mais importante do que Rachel em relação ao seu destino, ou talvez mais perigoso.

O homem foi primeiro até o casal no canto e perguntou a eles o que acharam da comida. A resposta deles foi bastante entusiasmada. Depois, se virou e disse:

SANGUE

— Olá, Ella, que bom ver você. E este é seu amigo Will. Eu sou Chris.

De certa forma, ele parecia mais novo do que Rachel, e seus olhos eram castanho-escuros e cheios de vida. Estendeu o braço para Will e se cumprimentaram com um aperto de mão.

— Você está gelado, Will. Mãos frias, coração quente. Não é o que dizem?

— Creio que sim — disse Will, e Chris pareceu achar a resposta ligeiramente engraçada. Mesmo assim, tal qual Rachel, prolongou seu olhar em Will por um tempo, e a velha ferida ardeu novamente. Quem eram aquelas pessoas e o que eram para ele: aliados ou inimigos?

Chris acabou se virando para Eloise e disse:

— Acho que ficou sabendo do Jex... Sabe? O cara que vendia a *The Big Issue*...

Conforme Eloise respondia de forma educada, o casal do canto da saleta se levantou e saiu. Will ouviu a mulher dizer alguma coisa sobre o "sétimo ano" e o homem responder algo sobre uma reunião de professores. Nenhum deles olhou para Will, então ele concluiu que não era sua aparência que estava chamando a atenção de Rachel e Chris. Definitivamente, os dois tinham visto alguma coisa nele, e Will sentia que eram perigosos, mesmo sem saber se queriam prejudicá-lo ou não.

— Não acho que a polícia suspeite que tenha sido algum tipo de crime. Ao que parece, ele já estava morto quando o incêndio começou, mas ele tinha iluminado o local com várias velas, então pode ter derrubado uma delas durante um espasmo enquanto morria, esse tipo de coisa.

— Que horrível! — disse Eloise. — Você acha que foi isso que aconteceu? Suicídio?

Chris deu de ombros e disse:

— Vai saber! Esta cidade é estranha. É meio sombrio por aqui, e é disso que gostamos nela, mas o lado negativo é que coisas ruins acontecem, coisas estranhas.

Eloise balançou a cabeça e Will não sabia se ela concordava mesmo com Chris ou não. Como se estivesse esclarecendo suas dúvidas, ela ponderou:

— Sombrio talvez, mas não maligno. E, você sabe, ele era legal, mas acho que Jex tinha problemas sérios.

— É verdade — disse Chris. — Mesmo assim, quero que vocês dois tomem cuidado por aí. E, olha só, a qualquer hora que precisarem de um lugar para se proteger do frio, podem sempre ficar aqui. Não precisam comprar nada, e não vamos importuná-los com perguntas. Só quero que saibam que, se precisarem, há um abrigo para vocês aqui.

Eloise mostrou-se tocada e disse:

— Que gentileza a sua, muito obrigada.

Chris acenou com a cabeça e olhou para Will, que respondeu:

— Sim, é um gesto muito generoso.

Embora o verdadeiro pensamento de Will fosse não voltar mais ali, pelo menos não enquanto eles estivessem vivos. Não tinha intenção de voltar a um lugar em que sentia mais perigo do que nos cantos mais escuros da cidade.

— De nada. Vou deixar vocês à vontade.

Chris acenou com a cabeça novamente e saiu da saleta.

Eloise parecia um tanto chocada, sentindo que precisava explicar a razão da generosidade de Chris.

— Acho que eles eram muito próximos de Jex. Talvez seja por isso que estão sendo meio superprotetores.

— Você os conhece bem?

— Não muito bem, mas são ótimas pessoas. São autênticos, sabe? Sobre qualquer assunto; o planeta, espiritualidade, tudo.

SANGUE

Will olhou para o desenho das bruxas.

— E tudo isso... as bruxas e os pentagramas?

Eloise mostrou-se irritada com a pergunta e sua resposta soou como uma defesa.

— São pessoas de mente aberta, do mesmo jeito que eu sou. — Na mesma hora, Will sentiu-se tolo, pois só agora havia percebido que num dos anéis que adornavam os dedos de Eloise havia um pentagrama. — Não sei por quê, mas tive a impressão de que você também tinha a mente aberta.

— Pode acreditar em mim, minha mente é aberta a tudo que se pode imaginar. — Ela sorriu e ele perguntou: — Que foi?

Eloise balançou a cabeça, dizendo:

— Sei lá. É que, às vezes, o jeito como você fala, é meio... — Ela não sabia como expor o que queria dizer e distraiu-se com outro pensamento, emendando: — Não pense que esqueci que não me contou nada ainda. Já contei a história da minha vida e você não me disse uma coisa sequer sobre você.

— Já contei que sou órfão. — Ele sorriu para ela e continuou. — Vou contar tudo, mas não aqui. Vou voltar com você à sua soleira e podemos conversar pelo caminho.

— Tudo bem, vamos.

Levantaram-se ao mesmo tempo. Will sabia que só tinha alguns minutos para inventar respostas para todas as perguntas possíveis que ela pudesse fazer, e a única coisa da qual tinha absoluta certeza era que não podia contar a ela nada que chegasse perto da verdade.

Ele ainda acreditava que estava destinado a conhecê-la e que também estava destinado a escolher Jex como vítima na noite anterior, mas em nenhum momento acreditou que Eloise soubesse como ou por que ela poderia ajudá-lo. Naquele exato momento, ela era sua única aliada no mundo, e, qualquer que fosse sua atitude, não podia se dar ao luxo de assustá-la e então vê-la se afastar.

9

—Minha mãe morreu ao me dar à luz. Meu pai se casou de novo, mas também morreu alguns anos depois.

— Foi por isso que você fugiu? Por causa da sua madrasta? Você fugiu, não é?

— Morar com a minha madrasta era impossível.

Will sentiu-se culpado por ter dado a entender que sua madrasta era cruel, mesmo após sete séculos de sua morte, pois ela fora uma dama boa e generosa — era prima de sua mãe e manteve viva em sua mente a imagem da mãe que jamais conhecera. Tinha certeza que a madrasta sofrera com a morte dele como sofreria pela morte do próprio filho.

— Posso imaginar. Todo mundo que conheço cujos pais são separados tem péssimas madrastas. Até as namoradas do tio Matt são más. Parece que os homens estão sempre escolhendo errado.

Eloise virou-se para ver se ele concordava com ela, e ele a olhou de volta, sorrindo, e disse:

— Espero que eu não venha a ser assim.

— Tenho certeza de que não será — respondeu ela com confiança, olhando para a frente novamente. — Você podia ter ido para um colégio interno, isso a tiraria do seu pé a maior parte do tempo. Onde você estuda mesmo?

Na verdade, Will estava gostando de criar essa vida totalmente imaginária, a vida de um adolescente do século 21, apesar do histórico de vida incomum e da linhagem aristocrática não mencionada.

SANGUE

— Minha escola não é muito conhecida, mas colégio interno estava fora de questão. Ela me tirou da escola seis meses depois da morte do meu pai, por questões financeiras. Então, vim para cá. Sabia que meus avós haviam morado aqui e achei que talvez ainda tivesse algum parente por perto, mas não encontrei ninguém.

— Mas, obviamente, você tem um lugar para ficar. — Ele ficou confuso com aquele tom de certeza, e então ela explicou. — Bem, creio que você tenha suas coisas e deve guardá-las em algum lugar, e você parece bem-cuidado, então...

— Ah, entendi. Sim, moro numa casa abandonada perto do Portão Norte.

Ela não disse nada, e a princípio ele temeu que "casa abandonada" não fosse mais o termo adequado para a época, mas depois de uma longa pausa ela disse:

— Você deve ser melhor nisso do que eu. Eu nem sei como encontrar uma casa abandonada. Morando onde estou, vou ter que voltar de qualquer jeito se o tempo esfriar mais.

Ele queria poder dizer que a ajudaria, que ela poderia ficar com ele em sua casa abandonada imaginária junto de seus amigos fugitivos e viajantes. É claro que não podia dizer nada disso, mas achou que ela entenderia mal seu silêncio.

— Para onde você iria?

— Acho que para casa, a princípio. Nem sei se a escola iria me aceitar de volta... Não parei para pensar muito nisso.

De repente, ele vislumbrou uma saída para a situação.

— Eu teria que falar com as outras pessoas da casa primeiro, e, se eles não se opuserem, você pode vir ficar com a gente.

Eloise parou de andar e olhou para ele, dizendo envergonhada:

— Will, não pedi para ficar na sua casa. É sério. Meu Deus, soou muito mal o que falei. De verdade, jamais colocaria alguém numa posição dessas.

— Se eu morasse sozinho lá, você nem precisaria pedir; eu teria oferecido abrigo assim que a vi naquela soleira.

Ela continuou a olhar para ele e um sorriso curioso começou a se espalhar pelo seu rosto. Disse finalmente:

— Sabe, acho que nunca conheci alguém como você. Você parece um cavaleiro à moda antiga.

— Obrigado, mas já faz um bom tempo que não mato um dragão.

Ela riu e brincou:

— A noite não acabou ainda.

O instinto de Will o levaria a cortar caminho pelos velhos armazéns, mas Eloise preferiu seguir pela rua principal até chegarem à ponte, virando à esquerda em seguida. Ele supôs que ela estava sendo sensata, mantendo-se longe de áreas escuras e desertas, exatamente os lugares em que ele se sentia mais seguro.

Ao passarem pelo armazém invadido por pessoas de rua, Will e Eloise olharam para os cômodos ainda iluminados. Agora havia pouca atividade visível, apenas pessoas vendo televisão e alguém andando para lá e para cá com um telefone.

Passavam pelo segundo depósito, o que estava cercado de andaimes, quando Will sentiu os pelos do pescoço se arrepiarem. Parou de andar e olhou para o caminho escuro à sua frente. Eloise estava falando alguma coisa, mas depois de alguns passos ela também parou, virando-se para Will.

— O que foi?

Ele levou o dedo indicador aos lábios. Ela sorriu a princípio, mas a expressão de Will a convencera de que ele estava falando sério, e então ela recuou, ficando ao lado dele. Havia algo errado com a atmosfera daquele lugar.

— O que foi? Você acha que aqueles garotos voltaram? — sussurrou Eloise.

SANGUE

Will não sabia o que fazer. Se sua intuição estava certa, era o demônio que o atacara na igreja. Seria melhor deixar Eloise seguir sozinha aquele trecho final — ela estaria mais segura longe dele e ainda mais segura se não visse nada que não deveria ver.

Mas Will não tinha certeza de que o demônio a deixaria em paz se eles se separassem. E, mesmo se tivesse, o que ela pensaria dele, assustando-a daquele jeito para depois deixá-la sozinha? Não havia nada a fazer a não ser continuar andando.

Com muito cuidado, ele começou a andar novamente, e se acalmou um pouco. Eloise ficou perto dele, mas disse, ainda sussurrando:

— Você está me deixando um pouco assustada agora, Will.

— Não deve ser nada — respondeu ele. Mas nunca havia sentido uma atmosfera tão estranha, e, agora que havia parado para pensar, notou que o ar estava estranho desde a morte de Jex, e talvez desde um pouco antes. Havia algo maléfico à solta pela cidade inteira, algo liberto das amarras para andar pela noite à vontade.

E, subitamente, Will ficou ainda mais incomodado ao se dar conta de que, sim, *já* sentira uma atmosfera estranha como aquela, na semana em que as bruxas queimaram na fogueira e ele foi acometido pela doença. Será que o mesmo mal retornara à cidade? Nesse caso, não tinha certeza se estava pronto para aquilo.

Sempre quis conhecer a pessoa que fizera isso com ele, e até algumas horas atrás ainda queria, mas, agora que estava com a garota, essa perspectiva o deixava com os nervos à flor da pele. Ela era importante para ele de alguma forma, e Will queria tempo para descobrir o motivo de tudo isso e para saber que não estava colocando a vida dela em risco.

Estavam no espaço vazio entre o prédio cercado de andaimes e um outro. Will parou novamente e olhou para a viela escura entre os dois edifícios, na direção do depósito em que ocorrera o incêndio. Não havia nada a princípio, mas logo percebeu uma movimentação nas sombras ao longe.

Algo parecia vir na direção deles, movendo-se rente à parede e ao chão, mas, na verdade, não dava para ver nada. Não era um animal nem algo sólido, parecia mais uma perturbação no ar, como se a escuridão estivesse se liquefazendo ao redor de um rápido objeto em movimento.

Seu corpo ficou rijo de tensão ao perceber o que estava acontecendo. Agarrou o braço de Eloise.

— Rápido! — gritou, correndo a passos largos e levando-a consigo. — Fique atrás de mim! — continuou gritando.

Ela estava em pânico.

— Will, você está me assustando!

Ele a ignorou, procurando ao redor alguma coisa com que pudesse se defender e, o mais importante, algo com que pudesse defendê-la. Foi quando ouviu um rosnado, e então um cão negro saiu da viela e ficou parado diante deles.

Não era o mesmo cão que vira rapidamente na igreja; era o outro que estava dormindo ao lado do fogão, seu pelo não era tão curto, era bem mais emaranhado. Não avançou, mas continuava rosnando para eles, com os olhos fixos em Will.

— É só um cão — disse Eloise, nervosa. — Só precisamos recuar lentamente.

Will mantinha o olhar fixo ao dele, mas de esguelha conseguiu avistar um cone laranja e branco debaixo do andaime; infelizmente, não havia mais nada por perto que pudesse ser usado.

— Ah, meu Deus — disse Eloise, num misto de confusão e preocupação com o animal. — Acho que ele está pegando fogo.

E estava mesmo, a fumaça subia do pelo do cão como se ele tivesse fugido de um incêndio e ainda estivesse em brasa. Contudo,

SANGUE

sua forma parecia cada vez mais instável, e então, subitamente, ele avançou o passo, e as chamas começaram a queimar com mais intensidade.

Eloise gritou, e talvez tenha dito algo, embora Will não tenha conseguido entender. O cão não parecia de forma alguma abatido nem machucado pelas chamas, e, se o plano era deixar Will aterrorizado, o demônio havia descoberto seu ponto fraco. Fogo.

Will saltou rápido na direção do cone, pegou-o com uma das mãos e começou a recuar. Estava tão dominado pelo medo das chamas que sentia estar caminhando sobre chumbo derretido, de tão lento que agora estava. O cão poderia pular em cima dele antes que conseguisse fazer qualquer coisa.

Mesmo que estivesse apenas imaginando essa lentidão, a verdade é que o cão se movia numa velocidade aterrorizante e, quando percebeu, o animal estava apenas a alguns metros de distância. Ele enfim saltou para cima de Will, que arremessou o cone em sua direção com toda a força que tinha. O cão foi atingido, próximo o bastante para que Will sentisse o calor do fogo que o engolia.

O cão voou para trás, talvez uns seis metros, e caiu no asfalto, a bola de fogo rapidamente desaparecendo. O animal deslizou na calçada e sua forma mudou de repente, parecendo humana por um segundo antes de se solidificar novamente em cão.

Assim que recuperou a forma, começou a correr até Will, as chamas se espalhando novamente, transformando-se numa bola de fogo e voando na direção dele. Sem pensar em nada, Will pegou uma barra vertical do andaime mais próximo, deixando toda uma parte desmoronar.

Virou-se, erguendo a barra sobre a cabeça, como uma lança. E, dessa vez, quando o cão em chamas pulou em sua direção, Will o acertou com toda força, penetrando a barra no centro das chamas e imobilizando a criatura no chão.

O animal contorceu-se violentamente ao redor da barra, e o fogo ainda queimava, ameaçador, mas Will percebeu que o cão estava se desintegrando, liquefazendo-se assim como a mulher na igreja, quase como se toda a sua massa corporal estivesse sendo sugada pelo ar.

Então, com a mesma velocidade com que apareceram, as chamas se extinguiram e deixaram Will pressionando a barra contra o chão duro, sem sinal da criatura ali imobilizada. Ele manteve a posição; sabia que o cão havia ido embora, mas relutava em soltar a barra.

Virou-se para Eloise, que encarava em silêncio o local em que o cão desaparecera. A garota olhava tão fixamente que Will teve que conferir mais uma vez se a criatura não estava mais lá mesmo. Ele não sabia o que dizer a ela.

O vento começou a soprar mais forte, ecoando através dos armazéns e fazendo com que Will ouvisse uma voz, um sussurro já familiar. As palavras soavam distantes, mas era possível compreendê-las.

— *Morra, William de Mércia.*

Tinha mais um ruído, um rangido, mas somente quando Eloise voltou a si e olhou para o alto do edifício foi que ele percebeu o que era.

O andaime. Will agarrou-a pelo braço pela segunda vez, mas agora ela sabia o que estava acontecendo e correu sem precisar ser arrastada. Ele ouviu o andaime desestabilizado se mover, rangendo, e eles ainda estavam correndo quando a estrutura desmontou por inteiro, despencando estrondosamente atrás deles.

Pararam para olhar. Uma nuvem de poeira elevava-se pelo céu noturno. A maior parte da madeira e do metal caiu no rio, parecendo agora um estranho parquinho infantil. Algumas pessoas que caminhavam pela ponte pararam surpresas para olhar.

— Não entendi nada — disse Eloise, olhando de forma acusatória para Will. — Que diabos aconteceu aqui?

— Deve ter sido culpa minha. Devo tê-lo desestabilizado ao arrancar a barra daquele jeito, e depois o vento...

SANGUE

Ela jogou a mochila no chão e gritou:

— Não! Eu estou falando do que aconteceu! Aquele cão estava pegando fogo e depois desapareceu, e o que você fez? Como você arrancou aquela barra? O quê?! O que aconteceu?!

Ele apoiou as mãos nos ombros dela e olhou em seus olhos, mas não conseguiu hipnotizá-la. Tendo que recorrer às palavras, disse:

— Eloise, vou explicar tudo a você, mas agora temos que pegar sua outra mala e sair daqui. A polícia vai chegar logo.

A garota balançou a cabeça, deixando claro que ele não havia entendido o que ela quis dizer.

— Não estou nem aí para a polícia. Não estou nem aí para o andaime. Estou preocupada com o cão-monstro que nos atacou, que pegou fogo do nada e que desapareceu quando você o matou.

— Não acho que o matei. Nem acho que seja algo vivo. E ele não estava nos atacando, estava atacando a mim.

— Ah, que bom! Isso faz com que eu me sinta muito melhor! — Ainda em tom acusatório, ela acrescentou com firmeza: — Quem é você, Will?

— Vou contar tudo a você, mas primeiro temos que sair daqui.

Eloise balançou a cabeça de novo, vigorosamente até demais, e ele percebeu que ela estava em estado de choque, como qualquer pessoa normal estaria.

— E por que eu iria a algum lugar com você? Não tenho medo da polícia.

— A escolha é sua. — Ele pensou a respeito, imaginando o que seria melhor para eles. E mesmo se ela, sem saber, tivesse algo a ver com o que estava acontecendo com ele agora, o melhor que podia fazer por Eloise era deixá-la ali. — Na verdade, *é melhor* que você fique, mas eu tenho que ir. Por favor, me perdoe. Não queria que você tivesse visto nada disso e não devia ter permitido que visse. Sinto muito.

Com tristeza, Eloise concordou com a cabeça, apesar de parecer que não tinha entendido nada do que Will falara. Ele pegou a mochila e entregou a ela, e, sem dizer nada, saiu andando.

— Will? — Ele se virou e a ouviu perguntar: — Estou a salvo, não estou? Aquela criatura não vai voltar.

— Não, não vai. Você está mais segura se ficar longe de mim.

— Quem é você?

— Só posso contar se você vier comigo.

Eloise olhou para ele, e Will sabia que não tinham muito tempo, que precisavam sair dali o mais rápido possível. Mas não a apressou, porque sabia que ela tinha visto coisas que jamais testemunhara, e porque, naquele exato momento, ela estava tomando a decisão mais importante de sua vida.

10

Não pense que nunca desejei ter companhia no decorrer dos anos intermináveis da minha vida. Sempre quis tanto ter alguém com quem conversar, alguém que não ficasse mais velho do que eu nem morresse antes de mim. E tentei, mas até mesmo meus humildes esforços terminaram em tragédia.

Não sabia disto quando arranquei com as mãos a terra do meu caixão apodrecido, quando caí na câmara que tem sido meu abrigo desde então, quando comecei a entender as mudanças físicas que acompanharam a estranha preservação do meu corpo, mas o ano era 1349.

Era ano de Nosso Senhor de 1349, embora Nosso Senhor ainda não estivesse em tanta evidência na época. Era um século de fome e guerra e revolta, e, acima de tudo, de epidemias fatais. O período de fome veio e se foi enquanto eu ainda estava na cripta, assim como aconteceu com meu pai no inverno de 1263 e com meu meio-irmão no início de 1320.

Eu não sabia nada disso. Não sabia nada sobre a história transcorrida. Não sabia nada sobre minha atual situação. Se eu tivesse despertado em uma época de felicidade, de prosperidade, suspeito que teria perecido antes de aprender a sobreviver junto aos que viviam durante o dia, mas eu despertei no outono de 1349 e me aventurei pela cidade que tanto amava nas noites após a peste se aproximar dos portões da cidade.

Desde aquela época pergunto-me se não teria sido o fedor da Peste Negra que havia feito com que eu despertasse. A primeira vez em que vi o pânico que dominou a cidade, as mortes que aconteciam numa velocidade tão grande que mal dava tempo de enterrar os corpos, o fedor e a pobreza, não pude evitar relacionar tudo aquilo com a morte das bruxas na fogueira, como se a execução delas tivesse virado o mundo de ponta-cabeça.

Eu não percebi antes que a vida havia voltado ao normal logo após aquela noite horrível, que estações boas e ruins vieram e se foram nos anos que se passaram. O mundo não acabara em outubro de 1256 — foi só impressão minha.

Como eu era muito inexperiente em obter o sangue de que precisava, como só passei a entender minha necessidade pouco a pouco, a peste tornou-se minha aliada, trazendo medo e desordem à cidade de forma que eu podia caminhar sem ser notado.

No meio de todo aquele terror, as minhas vítimas dilaceradas e sem sangue derramado não levantavam muitas suspeitas — as pessoas acreditavam que o Diabo estava agindo por toda a nossa terra — e, de qualquer forma, a peste desfigurava os corpos muito mais do que eu. Eram todos enterrados juntos, a maioria sem cerimônia alguma.

Eu temia a peste? Não, não a temia; mesmo antes de saber que ela não deixaria marca alguma em mim, por que eu iria temer a morte? Mesmo assim, conseguia sentir o fedor da peste, não no ar, mas nas vítimas, e escolhia minhas próprias presas dentre as pessoas saudáveis.

Não entendia o porquê. Somente agora sei que o que necessito dos vivos é a vida em si, e que uma vida já condenada tem pouco a me oferecer. Entendo agora, mas naquela época era somente o instinto que me guiava, e a minha confusão era tão grande quanto a que reinava por toda a Europa.

A peste regrediu no ano seguinte, mas pestes piores vieram nas décadas que se seguiram. As epidemias fatais voltaram em 1361, 1369, 1378 e 1390, e cada uma dessas pestes sucessivas atingiu principalmente os jovens, crianças e adolescentes, às vezes sendo pior para os meninos, às vezes para os ricos.

SANGUE

Você consegue entender o que é estar preso para sempre no corpo de um garoto de 16 anos, preservado pelo tempo, assistindo aos jovens da região serem abatidos durante cinquenta anos, geração após geração? Foi depois de testemunhar todas essas mortes que tentei criar uma companhia.

No inverno de 1394, fiz amizade com uma serviçal. Ela aparentava ter a minha idade, embora, naturalmente, não fosse tão alta, e eu a via nos estábulos quase todas as noites, preparando os cavalos, cuidando muito bem deles. Seu nome era Kate e ela era fisicamente o oposto de mim: cabelos claros, rosto redondo, bochechas vermelhas e saudáveis.

Logo de início ela percebeu que eu tinha berço nobre, mas também conhecia seu lugar e nunca me perguntou nada além do meu nome. Naquela época, eu ainda mantinha os caninos mais alongados, mas Kate nunca comentou nada sobre a minha aparência nem sobre as minhas aparições somente à noite. Mesmo assim, não era nada tola nem retraída.

Todas as noites, eu lhe perguntava sobre os últimos acontecimentos da cidade e ela me contava as notícias, sobre obras e comércio, crimes, mortes e brigas, sobre o Conde atual e sua família — o trineto do meu irmão, quinto na linhagem dos impostores.

Ela também conseguia me divertir e, quando percebeu que eu não me opunha que zombasse das pessoas da minha classe social, ficou ainda mais à vontade na minha companhia. Pode não parecer muito, mas eu jamais conheci uma amiga tão boa, e passariam incontáveis anos antes de encontrar outra pessoa como ela.

Kate era órfã, seus pais e os quatro irmãos sucumbiram nas mãos cruéis da última epidemia em 1390. Então, quando ela me contou que havia rumores de que a peste estivesse retornando a Londres — rumores que acabaram se mostrando sem fundamento —, temi que o destino dela acabasse sendo o mesmo que o do resto de sua família.

Parecia tão simples. Sabia onde havia sido mordido e pensei que, se mordesse o braço de Kate, se sugasse seu sangue, mas não o suficiente para matá-la, ela se tornaria como eu. Ela se salvaria da peste para sempre e eu não ficaria mais sozinho.

O fato de Kate ter se disposto a me oferecer seu braço, o fato de ter confiado tanto em mim, de ter valorizado tão pouco seu futuro a ponto de ficar feliz em arriscar sua vida por causa das minhas promessas, não torna a situação mais fácil de ser suportada.

Pergunto-me se ela estaria apaixonada por mim ou se eu a hipnotizei sem perceber, pois ainda não entendia totalmente o processo na época. Sofro ao pensar que sua decisão pode ter sido indevidamente influenciada, que talvez ela não tenha entendido totalmente meu pedido.

Suguei pouquíssimo sangue da ferida e ela não reclamou nem gritou, mas após uma hora já estava inconsciente. Mesmo assim, mantive a esperança e levei seu corpo comigo, e, quando a vida esvaiu-se dela, enterrei-a na minha câmara.

Esperei dezesseis anos e, quando finalmente a desenterrei, só encontrei ossos, trapos do vestido simples que ela usava e lastimáveis restos de cabelo. Enchi-me de remorso. Escondi-me como um animal selvagem no solo em que ficava meu caixão de pedra e rezei para que, se houvesse um Deus lá em cima, Ele também me permitisse apodrecer.

Ao me deitar, o sono finalmente me dominou. Pensei que meu desejo tivesse sido concedido, que a morte finalmente viera me buscar. O ano era 1410 e só despertei novamente vinte e cinco anos mais tarde, durante o longo reinado de Henrique VI.

Se Kate não tivesse morrido em minhas mãos, era bem provável que estivesse morta quando despertei novamente, mas sua morte ainda estava bem viva em minha mente, como se ela tivesse morrido na noite anterior. E não foi apenas a morte de Kate que me deixou desesperado, mas a percepção de que jamais encontraria companhia, de que jamais

SANGUE

haveria alguém com quem pudesse dividir os intermináveis anos da minha existência.

Com o passar do tempo, eu esqueci o ocorrido e tentei buscar companhia humana novamente. Foram necessários cem anos para que eu entendesse que não ganharia nada com isso, apenas perderia, levando perigo a qualquer pessoa que se aproximasse de mim.

11

Eloise insistiu em carregar as próprias malas. A maior delas era uma mochila, e, apesar de caminhar com dificuldade por causa do peso, a garota recusou a ajuda de Will.

Passaram pelo Portão Sul. Will colocou os óculos escuros e optou pelas ruas mais movimentadas, em parte para que ela se sentisse segura, em parte para evitar passar de novo em frente ao Terra Plena.

Quando ela viu que ele estava de óculos escuros, disse, tirando sarro:

— Legal! Você sabe que estamos no meio da noite, não sabe? Está parecendo um perfeito...

— Tenho um problema nos olhos. A luz me faz mal.

— Ah, sinto muito — disse, esquecendo-se temporariamente do medo e da raiva. Como que lembrando a si mesma que não tinha que se desculpar de nada, perguntou mal-humorada: — Para onde estamos indo? Para a casa abandonada em que você mora, suponho?

— Não existe casa alguma. Vamos para a igreja.

Ela parou de repente, tão rápido que ele ainda deu alguns passos antes de perceber que ela não estava mais ao seu lado. Ele se virou e foi até ela, que perguntou num tom um tanto assustado:

— Você não é um cristão renascido, é?

Ele não sabia o que era um cristão renascido, mas disse:

— Não, acho que não. Nasci cristão, mas... — Tentou pensar nas palavras que pudessem resumir sua desgraça, mas acabou ficando

SANGUE

tão confuso com o tom do questionamento que acabou perguntando:

— Um cristão renascido deixa você mais incomodada do que aquilo que acabamos de presenciar?

Eloise obviamente achou que se tratava de uma pergunta retórica, pois disse:

— Entendi. — E voltou a caminhar. — Não que eu seja anticristã ou algo assim. Até vou à igreja no Natal. É que acho essa facção dos cristãos renascidos meio assustadora.

Ele não conseguiu disfarçar o sorriso. Continuava sem ter ideia alguma do que era um cristão renascido e não queria perguntar, mas duvidava que pudesse ser mais assustador do que ele. Ao pensar nisso, o sorriso sumiu de seu rosto, pois lembrou que tinha coisas assustadoras para contar a ela. E também não sabia como faria para que tudo terminasse bem.

A torre da igreja, iluminada por holofotes, brilhava no céu noturno à frente deles, e, quando ele virou à esquerda, Eloise percebeu exatamente para onde iam, perguntando da forma mais casual que conseguiu elaborar:

— Quando você disse que íamos para a igreja, você se referiu à catedral?

— Sim — disse ele. — Ainda penso nela como uma igreja, mas você tem razão, sempre foi uma catedral.

— Mas está fechada — retrucou Eloise, aparentemente ainda com dificuldades de ver que nenhuma das regras de seu mundo se aplicava à situação. Ela o vira combater um demônio, usando poderes que poucos humanos tinham, mesmo assim continuava achando que um aviso de "fechado" seria um obstáculo para ele.

— Tenho a chave.

— Claro que tem — disse ela sarcasticamente. — E por quê? Porque você faz muito trabalho voluntário em seu tempo livre?

Ele sorriu para ela, e disse, tentando reconfortá-la:

— Porque é lá que eu moro.

Eloise não disse nada, mas continuou caminhando, o que já era mais do que ele esperava. Foram seguindo pela lateral da igreja, onde havia uma entrada. Não parecia haver ninguém por perto, mas Will caminhou de forma casual e puxou Eloise para a entrada no último segundo possível.

Conduziu-a para dentro, abrindo e trancando a porta rapidamente. Tirou os óculos. Assim como na noite anterior, a igreja estava repleta de feixes de luz que vinham das janelas, mas não havia nada de diferente na atmosfera, o que por enquanto era reconfortante, pois não havia nada esperando por ele ali.

Eloise parou, olhando ao redor, e por um segundo ficou tão impressionada com a beleza da igreja durante a noite que se esqueceu de onde estava e do que havia acontecido.

— Uau! Que lindo! Devia ser aberto ao público a essa hora da noite.

Will olhou em volta, tentando visualizar o local com os olhos dela, observando os fracos feixes de luz e a dança do pó que os invadia, a ilusão da névoa prendendo-se aos pilares e ao distante teto abobadado do corredor central. Tinha visto aquilo tantas vezes que quase perdera a habilidade de apreciar sua beleza.

Mesmo assim, era lindo, e para ele também era a sua casa e sua segurança, a pedra fundamental do passado ao qual estava preso para sempre. As coisas podiam mudar muito, mas a igreja permanecia a mesma, unindo Will, a cidade e o país à longa história vivida por todos.

— Por aqui.

Ele a levou à escada que descia até a cripta, mas ela hesitou.

— Aonde vamos?

— Para a cripta. Preciso mostrar uma coisa a você.

SANGUE

Ainda hesitando, ela disse ao olhar para a escada:

— Não sei, não. Está muito escuro lá embaixo.

— É verdade. Desculpe-me. Por favor, espere aqui.

Ele havia se esquecido de que os olhos dela sofriam tanto com a escuridão quanto os dele com a luz. Will saiu e voltou com uma grande vela e alguns fósforos, mas esperou começar a descer a escada para acendê-la.

Ela o seguiu, insegura, e disse:

— Eu ficaria mais feliz se pudéssemos acender alguma luz.

— Iremos acender, mas ainda precisaremos da vela.

Antes de abrir o portão da cripta, ele encontrou o interruptor e acendeu a luz, deixando o ambiente tão claro que teve vontade de colocar os óculos novamente. Mas resistiu, e apagou a vela antes de abrir o portão.

Eloise ficou mais tranquila com a luz acesa, mas ainda tinha a expressão de quem queria fazer logo o que tinha que ser feito e sair dali. Ele teria que contar a verdade com muito cuidado.

Fez sinal com a mão para que ela o seguisse pela cripta e então disse:

— É aqui. Pode tirar a mochila.

Ela olhou ao redor, como se estivesse tentando entender o que estavam fazendo ali, mas tirou a mochila como ele sugerira, colocando-a sobre um dos túmulos.

— Esse túmulo — disse ele. — Esse no qual você colocou sua mochila.

Ela se virou e perguntou:

— O que tem ele?

— Pertence ao terceiro Conde de Mércia, que nasceu em 1218 e morreu em 1263. Ele herdou o Condado de seu avô, pois seu pai morrera num acidente.

— Isso... é fascinante.

— O túmulo à direita pertence ao quarto Conde, Edward, que nasceu em 1246, filho da segunda esposa do terceiro Conde. Ele teve uma vida longa e morreu em 1320.

— Setenta e quatro anos — disse Eloise. — Nada mau para a época, acho.

— Setenta e três, mas você tem razão, foi um tempo bem longo considerando-se a época, e, na verdade, ele jamais deveria ter sido Conde. Seu meio-irmão, William, que nasceu em março de 1240, mas ficou doente em 1256, aos 16 anos, foi dado como morto, e por isso, nunca herdou o Condado que era seu de direito. Mas a doença não o matou.

Na mesma hora, Eloise entendeu a natureza daquela história, mas não escondeu a expressão de absoluta descrença. Ela balançou a cabeça negativamente ao dizer:

— Espere um pouco. Sou a primeira a admitir que aconteceu uma coisa bem estranha lá no rio, do tipo das que você só vê na televisão, e gostaria muito de uma explicação. Mas se você está tentando me dizer que é descendente desse tal William que ficou doente, mas não morreu, bem, pode esquecer porque não estou acreditando em nada disso.

— Não estou dizendo a você que sou descendente dele.

— Que alívio! — disse, respirando profundamente.

— Estou dizendo que sou ele.

Ela riu incontrolavelmente, uma risada que não expressava humor algum, e disse, quase que gritando:

— Pare! Tive a noite mais estranha da minha vida e tudo que preciso é que me conte a verdade.

— Mas estou contando a verdade. Aconteceu em 1256. — Ele pensava em como poderia convencê-la quando a imagem do Terra Plena surgiu em sua mente. — Como você acha que sei que aquele

SANGUE

café era uma taverna? E as bruxas na fogueira? Elas morreram na mesma noite em que adoeci. E como eu ia saber tanto sobre meu pai e meu irmão?

— Sei muito sobre Hitler e Stálin, mas isso não quer dizer que eu seja parente deles — disse, pegando a mochila. — Vou embora daqui e, se você tentar me deter, vou gritar. Bati a cabeça no início da noite, devo ter uma concussão, e você... — Ela olhou para ele demonstrando uma suspeita súbita. — Você colocou alguma coisa no meu chá?

— Como?

— Você colocou alguma coisa no meu chá! Foi por isso que não bebeu... O que você colocou?

Eloise já estava dando as costas quando ele respondeu:

— Não coloquei nada no seu chá. — Ela ergueu a mochila sobre os ombros e enfiou o braço por debaixo de uma das alças, quando ele disse: — Espere. Vou dar duas provas a você, e, se isso não a deixar satisfeita, então tudo bem, pode ir.

— Eu posso ir quando eu quiser — retrucou, desafiando-o.

— Claro que pode, mas veja as duas coisas primeiro. — Pediu com um gesto que ela tirasse a mochila, e ela tirou, relutante, dessa vez deixando-a sobre o túmulo do quinto Conde, o meio-sobrinho que Will jamais conhecera. — Disse a você que moro aqui há quase oitocentos anos. E se eu mostrar a você onde vivo exatamente?

Sem dar a ela tempo para responder, Will ajoelhou-se entre os dois túmulos. Escorregou os dedos pelos espaços escuros da parede e puxou a tranca. Então, afastando-se do buraco, ergueu a placa e a apoiou no chão na cripta.

A placa tinha uns vinte centímetros de espessura, e ele podia imaginar o que se passava pela mente dela. Eloise estava pensando na facilidade com que ele erguera aquela placa, imaginando se talvez fosse uma pedra falsa. Ele ignorou essa questão e apontou para o buraco que estava exposto entre os túmulos de seu pai e de seu irmão.

Eloise caminhou com cautela. Dava para ver que estava nervosa por ficar entre ele e o buraco, não havia dúvidas de que temia ser empurrada. Ele então deu um passo para trás, e ela olhou para a escuridão lá embaixo sem nem mesmo chegar perto da beirada.

— Pode ser um buraco do padre* ou algo assim — disse ela, apesar de ele ter certeza de que a garota viu o início da escada, percebendo, portanto, que se tratava de uma construção mais complexa.

— É verdade, mas, de fato, ele leva ao subterrâneo mais profundo. Minha câmara fica debaixo dos muros da cidade.

O olhar dela ficou perdido novamente e ele percebeu que aos poucos ela ia se convencendo das coisas que via, mas, a cada informação nova, ela deixava de acreditar em tudo novamente. Will decidiu ser mais rápido.

— Segunda prova. Por que você não tenta ver se consegue erguer a placa?

Eloise tentou em vão movê-la, dizendo:

— É pesada, sim. Tudo bem. Você também destruiu aquele andaime. Pelo que eu sei, isso pode ser efeito de drogas. Que droga é essa? Pó de anjo ou algo do gênero?

Will pegou a pedra e a ergueu sobre a cabeça, abaixando-a, em seguida, até a altura do seu peito. Ergueu-a sobre a cabeça novamente e depois a colocou de volta ao chão.

Eloise parecia irritada e disse, de forma rude:

— Tá, você é forte. Como se isso me impressionasse.

— A prova não é essa — disse, pegando a mão dela. E, por mais aterrorizada que ela estivesse e por mais que tentasse se soltar, ele continuava pressionando os dedos dela contra o seu próprio pescoço.

---

* Termo dado aos esconderijos que os padres usavam para fugir da perseguição aos católicos na Inglaterra, a partir de 1558, ano em que se iniciou o reinado de Elizabeth I. (N. T.)

SANGUE

— Pare! Você está me machucando!

Ele olhou para ela e disse baixinho:

— Não há pulso. Acabei de erguer uma pedra sobre a cabeça. Você consegue sentir meu pulso?

Sentiu a mão dela relaxar, então a soltou. Eloise manteve os dedos pressionados contra o pescoço de Will e, confusa, movimentou-os, apertando a pele, procurando pelo pulso que ele sabia que ela não encontraria.

Finalmente, deixou o braço cair, dando um passinho para trás. Tentou dizer algo, mas as palavras se perderam em algum lugar entre seus pensamentos e seus lábios. Ela olhou para a pedra, para o buraco negro revelado no chão e para ele.

E, sem nenhum aviso prévio, desmaiou. Will deu um salto para a frente e a pegou antes que pudesse bater com a cabeça no chão de pedra. Não queria que ela batesse a cabeça duas vezes na mesma noite. Ele a deitou gentilmente no chão antes de olhar ao redor e pensar na logística para tirá-la dali.

Antes, não sabia como poderia convencê-la a segui-lo até o subterrâneo, mas agora o problema estava resolvido — iria carregá-la. Apenas esperava que, quando ela acordasse, conseguisse se lembrar do motivo de seu desmaio, e que isso servisse como preparo para as coisas igualmente extraordinárias que ele ainda tinha para lhe contar.

12

Will sentou-se em seu trono de madeira, ao lado da cama em que Eloise estava deitada. Era tarde e ele concluiu que ela tinha sido vencida tanto pelo cansaço quanto pelo choque das coisas vividas naquela noite. No começo, tinha o sono agitado, mas agora dormia em paz, virada de frente para ele.

Ele olhava para ela, para a delicada silhueta vestida de preto, para a beleza da sua pele pálida, para o rosa suave de seus lábios. E mais do que nunca desejou poder ser inteiramente humano novamente, apenas pelo simples prazer de poder deitar-se ali com ela, de poder dormir como um humano, de poder acordar com ela em seus braços.

Isso não passava de um sonho infantil, de prazeres que jamais poderia desfrutar. Ele não precisava lembrar isso a si mesmo, pois ainda sentia a dor latente e constante em seu braço que deixava claro o que ele realmente era.

Era quase como se a criatura que o deixara daquele jeito estivesse chamando por ele de algum lugar remoto, lembrando a Will que a questão entre eles ainda não havia terminado. Isso começava a deixá-lo angustiado, pois sabia que poderia estar levando a garota para o perigo, mas era algo que ele não conseguia evitar.

Esfregou o braço como se isso pudesse livrá-lo do desconforto que sentia dentro da própria alma e, quando se deu conta, estava sonhando. Isso raramente acontecia. Era mais uma visão do que um sonho — uma parte dele ainda tinha consciência do local em que

SANGUE

estava, dos sons e dos aromas, e ele não estava dormindo, pois apenas dormia durante as longas noites escuras de hibernação.

Mas parecia um sonho, um sonho do qual não queria acordar, indubitavelmente inspirado pela visão à sua frente. Ele caminhava pelas ruínas de uma construção antiga no campo. Era uma tarde de verão, como as tardes que guardava na memória, céu azul e poucas nuvens, e ele caminhava ao lado dela, Eloise.

Nenhum dos dois falava. Simplesmente caminhavam juntos por entre as ruínas dos muros de pedra, e, quando se virou para olhar para ele, ela sorriu, deixando-o impressionado com sua beleza, e triste por saber que esse dia jamais existiria.

Em seguida, como se uma nuvem tivesse encoberto o sol, ela deixou de sorrir e Will sentiu um desconforto. Ele não queria que ela falasse nada, mas ela falou, e sua voz estava cheia de tristeza:

— Você vai me sacrificar quando chegar a hora?

— Não — disse ele, ciente de que havia pronunciado em voz alta, mas, mesmo após seu sonho ter desmoronado, deixando-o preso novamente à câmara, ele percebeu, no último relance da expressão de Eloise, que ela não acreditava nele.

Ele olhou para a cama e, como se tivesse sido acordada por sua voz, Eloise se mexeu e levantou o rosto para fitá-lo. Fora um sonho, nada mais que um sonho, mas Will sentia vontade de contar para a verdadeira Eloise que ele jamais deixaria nada de ruim acontecer a ela.

Ela olhou para ele por um segundo ou dois antes de sentar-se com cautela, apoiando-se na parede. Ele tinha tomado o cuidado de espalhar algumas velas para que ela não se assustasse ao acordar. Mesmo assim, o ambiente a deixou um tanto chocada.

Ela olhou ao redor da câmara, observando os baús de madeira, as paredes de pedra, as passagens escuras para as outras antessalas. Com exceção da cama e de dois tronos de madeira, dos castiçais e dos baús, não havia mais nenhuma outra mobília e nenhum objeto de decoração.

Ele não precisava de mais nada, e tudo estava guardado de forma a permanecer intacto durante seus anos de hibernação, por isso usava os baús de madeira em vez de algo mais aconchegante. Mas dava para ver que, para ela, para qualquer pessoa normal, o local não tinha uma aparência amistosa, e talvez fosse até visto como um dos covis góticos tão apreciados em livros de histórias sobre vampiros.

— Onde estou?

— Este é o meu... lar. — Dava para ver que ela estava se lembrando dos fatos, da pedra erguida no chão da cripta, da escada no meio da escuridão. — É seguro. Os muros da cidade estão bem acima de nós.

Ela olhou para o teto da câmara.

— Você não colocou nada na minha bebida. — Dessa vez não era uma pergunta, e sim a constatação de que não havia imaginado tudo aquilo e nem estava delirando.

— Não.

— Quem é você?

— Sou William, o verdadeiro Conde de Mércia. Nasci em 1240, fiquei doente em 1256 e estou assim desde aquela época.

— Eu sei, isso você já me disse. — Eloise esforçou-se para organizar os pensamentos. — Tá, mas o que eu quero dizer é *o que* é você? Você não é um fantasma. — Antes que ele pudesse falar qualquer coisa, a resposta veio subitamente à mente dela, como se fosse óbvio desde o começo. — Você é igual ao cara da TV. Você controla a mente das pessoas... Você me hipnotizou, fazendo com que eu acreditasse que tudo isso é real.

Ele balançou negativamente a cabeça com tranquilidade, mas, em vez de responder diretamente, disse:

— Por muito tempo eu mal fazia ideia do que eu era. Apenas sabia que tinha sido enterrado vivo e que, quando despertei, quase cem anos haviam se passado e meu corpo não envelheceu nem um pouco. Sabia que tinha sido mordido, sabia que precisava de sangue, porém, em mais de setecentos e cinquenta anos, jamais encontrei alguém que pudesse me dar alguma orientação ou explicação. Somente na metade do caminho foi que comecei a ouvir as primeiras histórias de seres que possuíam os mesmos hábitos que eu, e apenas nos últimos duzentos anos li o suficiente para ter certeza de que essas histórias se referiam a pessoas como eu.

— Ai. Meu. Deus. Isso é demais — disse Eloise, arregalando os olhos de tal forma que ele temeu que ela fosse desmaiar novamente. Mas a garota concluiu, quase num gracejo: — Você é um vampiro!

— Prefiro dizer morto-vivo.

Ela continuou provocando como se nem tivesse ouvido o que ele disse e sugeriu:

— Você vai sugar meu sangue?

— Jamais — disse ele, embora em outras circunstâncias ela seria a vítima perfeita: sem amor, sem alguém que sentisse sua falta, totalmente sozinha.

Mas Eloise mostrou-se estranhamente despreocupada. Ela olhou ao redor, viu sua mochila preta ao lado da cama e a pegou. Vasculhou um pouco, tirou algo lá de dentro e virou-se para a parede. Era um espelhinho, no qual se refletia o brilho das velas.

— Posso ver seu reflexo.

— E eu também não tenho medo de alho, embora não aprecie o cheiro, e, como você pode ver, vivo embaixo de uma igreja, então o crucifixo é para mim um símbolo do meu único e verdadeiro refúgio no mundo e não tenho medo algum dele. As superstições e o folclore existem e não há como evitá-los. Tudo o que posso dizer é o que sei sobre mim e qual é a minha verdade.

— Fogo — disse ela, talvez se lembrando do cão em chamas.

— Sim, e luz, sobretudo luz do sol. Uma estaca no coração irá me enfraquecer, mas não vai me matar.

Ela perguntou, curiosa:

— Como você sabe? — Ele desabotoou a camisa e apontou para uma antiga cicatriz bem no meio do tórax, branco como alabastro. Impressionada, ela indagou: — Alguém enfiou uma estaca no seu coração?

— Essa história fica para outro dia. De qualquer forma, aconteceu há muito tempo.

— Deixe-me ver seus dentes.

— Eu lixo meus dentes. — E aproximou-se dela para abrir a boca.

— Que nojo! Por que você faz isso?

— É mais fácil e mais limpo usar uma faca; faz com que pareça suicídio em vez de deixar para trás um cadáver com a ferida de uma mordida. E torna a minha aparência menos evidente. Tenho que conseguir caminhar no meio das pessoas e passar despercebido.

Eloise sentou-se na beira da cama. Longe de estar aterrorizada e descrente, ela agora se mostrava excitada com tudo o que ele lhe contava, como se estivera esperando a vida toda para encontrar alguém como ele.

Mal sabia ela que a esperança dele era que ela *estivera* mesmo esperando por esse encontro desde que nascera, que fora planejado pelo destino e que ela teria um papel bem específico no destino dele. Ele tinha esperança, para o bem dos dois, de que aquele encontro não fora acidental.

— Então, como funciona? Você fica acordado à noite e dorme durante o dia, mas desconfio que não seja em um caixão, certo?

Ele ficou impressionado com a leveza do tom dela, pelo interesse aparentemente genuíno em algo que deveria tê-la deixado horrorizada.

SANGUE

— Descanso durante o dia, mas não durmo. Hiberno por longos períodos, anos e até décadas bem ali — disse, apontando para a outra câmara.

— Com que frequência? Quer dizer, quando você hibernou pela última vez?

— Em 1989.

Finalmente, seus pensamentos se embaralharam, e, após mostrar-se perplexa por um tempo, ela disse:

— Então tá, você tem 16 anos, mas hibernou antes do meu nascimento e despertou de novo... quando?

— Ontem, um pouco antes de conhecê-la.

Ela assimilou a informação e continuou a elaborar seus pensamentos.

— Então você precisou de sangue. — Subitamente, tudo ficou terrivelmente claro para ela. — Você matou Jex!

— Que lhe causava arrepios, cujo nome você nem sabia!

— É verdade, mas, mesmo assim, você matou uma pessoa ontem. E hoje, matou mais alguém?

Ele negou com a cabeça e explicou:

— Preciso me alimentar quando desperto da hibernação, mas depois disso raramente é necessário. Acho que depende da pessoa, de quanta vida há nela.

Eloise continuou insistindo:

— Em média, de quanto em quanto tempo isso ocorre?

— Impossível dizer. Às vezes um ano, geralmente meses, às vezes menos.

— Então talvez você tenha que matar mais alguém antes do Natal, talvez não, vai depender se o sangue de Jex era bom ou não.

A princípio, o tom de Eloise era leve, mas também tinha uma pontada de raiva ou, pelo menos, de ultraje.

— Matei centenas de pessoas porque preciso para sobreviver; é isso o que sou. Mas você tem que entender uma coisa: já vi milhões morrerem e verei outros milhões. Se pensarmos bem, a morte é tudo que conheço. — Ela parecia pronta para retrucar, mas ele não deixou, emendando: — Até mesmo você. Aqui estamos nós hoje: aparentemente temos a mesma idade, mas você vai envelhecer e morrer, como todos irão morrer, incluindo seus filhos, netos e bisnetos, e, no decorrer de todo esse tempo de vida de todas essas pessoas, eu permanecerei da forma como você me vê agora. Entende? A morte é o pano de fundo em que minha vida é encenada.

Ela não respondeu a princípio, mas olhou ao redor da câmara e perguntou:

— Você fez isso tudo ou já estava aqui?

— Foi preparado para mim.

— Por...?

— Quem me dera saber! Sempre acreditei ter sido preparado por quem me mordeu, mas não sei, nunca encontrei essa pessoa. — Era verdade que nunca a encontrara, mas sentia-se desconfortável por não dizer toda a verdade sobre o que suspeitava estar acontecendo agora. Antecipou a próxima pergunta de Eloise: — E não, não me lembro de ter sido mordido.

— Mas isso sugere que você não foi mordido por acaso, não é? Com certeza indica que houve uma razão para isso.

— Sim, mas na maior parte desses quase mil anos nunca houve indicação alguma dessa razão. Até agora.

Já entendendo o que ele queria dizer, ela perguntou:

— Você acha que tem alguma coisa a ver comigo, não acha? — Seu tom era de excitação e ela nem esperou pela resposta. Saltou da cama e ajoelhou-se na frente dele, esticando o braço. — Will, me transforme numa vampira. Faça com que eu seja como você.

Ele ficou chocado, não estava acreditando no que acabara de ouvir. Olhou no fundo dos seus olhos e viu que ela queria aquilo

SANGUE

mesmo, mas que ela mal havia começado a entender o que era "aquilo". Sua vida estava deprimente agora, mais deprimente do que ele imaginara, mas essa não era a solução adequada, mesmo que ele tivesse esse poder.

Ele apoiou uma das mãos sobre a dela e disse:

— Já tentei isso uma vez, quando era bem mais jovem. — Os olhos de Eloise se encheram de esperança e ele ficou hipnotizado, tinham um tom de azul para o qual facilmente conseguia imaginar-se olhando por mais mil anos, mesmo sabendo que isso não aconteceria. — Não deu certo. Ela morreu, mas, se na época eu já tivesse entendido que aquilo seria uma maldição, não teria feito o que fiz de forma alguma.

Eloise ficou decepcionada, e dava para ver que uma parte dela não queria acreditar no que ouvira e preferia achar que ele estava simplesmente testando a sua determinação.

— Você não entende, não seria uma maldição, faríamos companhia um para o outro. E eu não teria nada a perder.

Ela mesma já tinha admitido ter uma vida privilegiada apesar da falta de amor; portanto, ele só podia supor que ela estava agindo de forma impulsiva, que não havia entendido o que estava pedindo a ele. Kate havia sido uma aposta sensata, mas não dava para acreditar que a vida de Eloise fosse tão vazia a ponto de ela sentir-se atraída pelo tipo de existência dele.

— Eloise, você não vai ter 16 anos para sempre. Mesmo que fosse possível transformá-la, eu não poderia tirar isso de você. — Ao perceber que ela estava pronta para contra-argumentar, logo acrescentou: — Além do mais, se eu tiver razão, acho que preciso de você, e preciso de você viva.

Sentiu que a estratégia conseguiu desviá-la do assunto.

— Você está falando isso por causa do caderno do Jex?

— Sim.

Ela concordou com a cabeça, resignada, e ia dizer alguma coisa quando foi interrompida por um ruído, que parecia o som de um metal batendo na pedra. Os dois olharam para a pedra que bloqueava a entrada da câmara, pois o barulho viera lá de fora.

Eloise sussurrou:

— Alguém deve ter seguido a gente.

Will fez que não com a cabeça enquanto eles se levantavam. Sabia que não haviam sido seguidos, assim como sabia que o túnel da cripta até a câmara não levava a nenhum outro lugar e ninguém além dele tinha entrado lá em setecentos anos.

Ouviram o barulho novamente; o metal batia contra a pedra como se alguém estivesse tentando esmagá-la. Will foi silenciosamente até o baú maior e o abriu. Tirou uma espada de um estojo acomodado na diagonal ali dentro.

Não sabia se a espada teria utilidade, mas queria estar armado, especialmente depois do ataque do cão em chamas — até mesmo pensar no fogo fazia com que seu corpo se arrepiasse de medo. Ele não sabia o que estava do outro lado da porta, se era um espírito ou um demônio, mas tinha certeza de que não era humano.

— Quem você acha que é?

Ele deu de ombros e disse:

— Um demônio me atacou na igreja ontem à noite, disfarçado de uma mulher que havia tentado me expulsar de lá. Ele me atacou de novo hoje à noite utilizando a forma do cão de Jex. Temo que seja outro ataque.

— E isso acontece sempre? — O tom de Eloise indicava que ela precisava ouvir algo que restabelecesse sua confiança, que indicasse que aquilo era algo com o qual Will já estava acostumado.

Mas ele balançou a cabeça negativamente.

— Como disse antes, tudo está diferente dessa vez... Jex, você, esse demônio.

SANGUE

— Mas tem como ele não entrar, não é? Aquela pedra parece...

Como que respondendo à pergunta dela, a pedra tremeu com a última pancada, e dessa vez o som reverberou como o toque de um sino rachado. Ouviram o som do cascalho ressoar do outro lado. Will virou-se para Eloise e, com um gesto, pediu que ela não saísse do lugar.

Ela se apoiou na parede e disse:

— Não abra!

— É sempre melhor encarar o perigo de cabeça erguida. — As palavras de Will expressavam mais coragem do que ele sentia, pois não fazia ideia de quem ou do que estava do outro lado. Mesmo assim, embainhou a espada no cinto e arrastou a enorme pedra para a lateral.

Deu um passo para trás, empunhando novamente a espada para se preparar para um ataque, esperando ser capaz de se defender. Sentiu na hora a distorção na atmosfera, e mesmo assim ficou chocado quando a pessoa do outro lado entrou na câmara tranquilamente.

Will ouviu Eloise prender a respiração, e então, num misto de choque e suspeita, ela disse:

— Eu não... não entendo. Que diabos *ele* está fazendo aqui?

13

Taz! Lá estava ele, o líder dos rapazes que assediaram Eloise no rio. Sua estranha roupa branca ainda brilhava, e ele segurava casualmente a barra de ferro.

Parecia bem real, o rosto tomado pelo mesmo ódio perverso, mas não havia vida naquele rapaz. Taz olhou para Will, inexpressivo, e falou num tom distante:

— Você quer briga? Pode vir, gótico.

Will não teve tempo de responder. Taz movimentou a barra com violência em direção à sua cabeça. Instintivamente Will levantou a espada para se defender enquanto se desviava do golpe violento.

A barra acertou a espada, soltando faíscas pela câmara escura. Como se tivesse usado a barra como arma a vida toda, Taz imediatamente lançou um segundo golpe e fez tremer a lâmina da espada, causando uma violenta trepidação pelo braço e pelo corpo de Will.

Taz deu mais dois golpes rápidos, ambos tão poderosos que Will temeu que a lâmina da espada fosse partir com o impacto. Não usava a espada desde o século XVI, e a surpresa do ataque o levou a lutar apenas de forma defensiva.

Mas, à medida que se desviava dos golpes, estudava os movimentos do oponente. Will ficou impressionado ao notar que Taz tinha quase o mesmo estilo de luta que ele — além disso, ambos eram canhotos. Foi aí que Will começou a perceber que os dois compartilhavam alguns pontos fracos, especialmente a tendência de lutar deixando a parte inferior do corpo desprotegida.

SANGUE

Plack! Mais um golpe acertou a espada, depois outro, mas, dessa vez, enquanto a barra de metal deslocava-se pelo ar em sua direção, Will atirou-se no chão e imediatamente lançou-se à frente, direcionando a lâmina da espada para o peito de Taz.

Mas Will retraiu a espada bem a tempo, pois lembrou que o demônio sempre desaparecia ao ser apunhalado — primeiro com a chave, depois com a barra do andaime — e não queria que isso acontecesse novamente. Não bastava destruir cada um dos demônios — era preciso descobrir o motivo dos ataques. Então, pressionou a espada com firmeza contra o peito de Taz, tomando cuidado para não lhe perfurar a pele.

Taz parou imediatamente, deixando a barra de ferro cair. Olhou para a ponta da espada em seu peito e voltou a olhar para Will. Em seguida, atirou-se para trás, afastando-se da lâmina, e, antes que Will pudesse reagir, virou-se e fugiu correndo pela passagem.

Will começou a correr atrás dele, mas parou ao ser chamado por Eloise.

— Will?

Ele voltou-se para ela, dizendo:

— De algum modo, esse demônio está se alimentando de mim, das coisas que vi. Ele até luta como eu. Preciso descobrir o porquê.

Então, correu para a passagem enquanto Eloise dizia:

— Vou com você.

Will ouviu os passos de Eloise atrás dele enquanto corria. Não ouvia nenhum som à sua frente, mas a distorção na atmosfera era suficiente para assegurá-lo de que o demônio ainda estava por lá.

Quando chegou ao pé da escada, Will avistou Taz no topo, arrastando a pedra que fechava a cripta. Assim que Will começou a subir correndo os degraus, Taz entrou no cômodo acima com um só salto. Will fez o mesmo ao chegar ao topo, imediatamente olhando ao redor, mas não viu ninguém.

Ouviu Eloise alcançar o topo da escada, ofegante. Virou-se e puxou-a para cima. Então, deu um passo à frente ao mesmo tempo em que ela perguntou:

— Para onde ele foi?

Ele se perguntava a mesma coisa, porque a distorção ainda permanecia no ar da cripta.

Will foi verificar o portão — estava fechado, embora soubesse que aquilo não seria empecilho para um demônio capaz de mudar de forma com tanta facilidade. Virou-se novamente para Eloise, mas viu sua expressão de pânico tarde demais para conseguir se desviar do poderoso golpe desferido em suas costas. Era como se Taz tivesse surgido do ferro negro do próprio portão.

Will foi arremessado para longe, quase atingindo Eloise. Foi de encontro à parede do outro lado com tanta força que chegou a pensar que o cimento entre as pedras fosse cair.

Levantou-se rapidamente enquanto Taz avançava em sua direção. Desta vez, Will estava preparado. Saltou na direção dele, segurou Taz pelo braço e o lançou contra a parede do outro lado da cripta.

A força do impacto foi tanta que pareceu abalar a fundação dos muros, e, assim como aconteceu com os outros demônios, Taz pareceu ter se transformado, assumindo, por pouco tempo, a forma de um humano mais alto e forte, antes de liquefazer-se novamente para voltar a ser o valentão mirrado que conheceram perto do rio.

Ao localizar Will, Taz avançou de novo em sua direção. Mas Will foi mais rápido, correndo com toda velocidade para atirar-se contra o corpo de Taz, derrubando-o para trás. Ao acertarem a parede, causaram outra colisão explosiva. Mais uma vez, o rosto de Taz se alterou visivelmente, transformando-se em um semblante quase que familiar para Will, mas voltou ao aspecto anterior antes que ele pudesse identificar quem era.

Will concluiu que só havia um jeito de descobrir, então segurou Taz pelo pescoço e o arremessou contra a tumba de seu meio-irmão.

SANGUE

Will esperava ouvir uma colisão ensurdecedora, mas o corpo de Taz atravessou a pedra da tumba e desapareceu.

Will observava incrédulo.

— Você viu? Ele passou diretamente pela pedra, como se ela nem estivesse ali — disse Eloise.

Will subitamente ouviu seu nome ser chamado por uma voz de criança, ainda que assustadora. Era uma voz carregada de medo, como se estivesse implorando por ajuda.

— Will!

Will e Eloise entreolharam-se e caminharam em direção à tumba do irmão dele, pois o chamado vinha de lá.

— Will! — disse a voz novamente, como se a criança estivesse procurando por ele.

Ao se aproximarem da tumba, Taz apareceu sobre ela, olhando para eles. Estava visível apenas da cintura para cima, como se o restante do corpo estivesse dentro de um lago cinzento de pedra.

Taz não tentou atacá-los dessa vez, apenas olhou um tanto confuso para a cripta e para Will. Parecia não ser mais um demônio, mas o rapaz real, transportado ao sonho mais confuso de sua vida.

Mas então, como se estivesse incomodado com algo, Taz balançou a cabeça com toda sua força até que o semblante visto rapidamente por Will quando o arremessou repetidas vezes contra a parede retornasse.

Mesmo assim, para Will, o rosto ainda não havia se formado completamente. Parecia estar mudando continuamente, não em relação ao formato, mas em relação à idade. E, conforme assumia a forma de sua infância, retornando em seguida à forma adulta, Will finalmente entendeu por que aquele semblante lhe era tão familiar e por que a tumba não fora barreira para Taz.

— Edward — disse Will, chocado ao perceber que reconhecia aquele rosto de criança mesmo após sete séculos e meio. Edward, canhoto como Will e seu discípulo de esgrima, exibia a mesma força e os mesmos pontos fracos durante os duelos. Will entendeu tudo sobre os demônios assim que viu o irmão, mesmo não sabendo o motivo que o levara a enviá-los.

Seja qual fosse o motivo, nada mais importava naquele momento, pois Will estava completamente tomado por um forte misto de emoções ao ver Edward novamente. A tensão e a raiva que emanavam do rosto do irmão pouco representavam diante do bem-estar que aquele semblante resgatava, uma viagem breve à sua infância — uma infância que pensava ter perdido para sempre.

Will virou-se para Eloise e disse:

— É o meu irmão.

Quando se virou novamente, quem o encarava agora era o rosto austero de um homem mais velho, o homem que Edward havia se tornado. E, embora o rosto mudasse para as suas versões mais jovens de vez em quando, aquela era a versão dominante que falava com ele agora, trazendo Will de volta ao presente.

— Will, fico feliz que tenha me reconhecido. — Um latido ecoou pela tumba e subitamente um pequeno cão terrier de pelo duro saltou do tampo de pedra para os braços de Edward. Ele olhava para o animal com carinho enquanto acariciava sua cabeça. — Bom garoto! — Em seguida, disse para Will: — Ele foi enterrado comigo, e nossos ancestrais pagãos estavam certos, os cães realmente nos fazem companhia na vida após a morte. É uma pena que não tenham enterrado meu cavalo comigo.

Will o interrompeu para dizer:

— O que você quer, Edward? Por que tem me atacado? Por que quer a minha morte? — Apesar de todos os esforços de Will, Edward parecia desinteressado em conversar com o irmão. Em vez disso, preferia dar atenção ao cão, que segurava nos braços como se fosse um bebê. Então, Will decidiu chamar a sua atenção, dizendo: — A propósito, reconheço você. Reconheço-o como meu falecido meio-irmão, mas não acredito que irei um dia reconhecer seu título.

SANGUE

— Você morreu! — A resposta colérica foi instantânea, a voz de Edward soando com tamanha raiva que o pequeno cãozinho saltou assustado de seus braços para dentro da pedra como se pulasse dentro de um rio. — Você morreu na noite em que queimamos as bruxas. Aceite o fato! Você *nunca* foi o Conde de Mércia. Você morreu antes!

— Se estou morto, o que quer comigo agora?

Inicialmente Edward não soube o que responder, mas depois disse num tom ameaçador:

— Não tive escolha. O que faz com que você pareça vivo é algo maligno e agora você quer aumentar esse poder. Você se transformou num demônio e o seu destino é um caminho de destruição. — Seu tom ficou um pouco mais brando. — Não sei se resta em você parte do irmão que eu venerava, mas, se lhe restou algo de Will, imploro que pare.

Will balançou a cabeça, dizendo:

— Edward, continuo sendo o mesmo irmão que você conheceu um dia. Não posso interromper o curso do meu destino, seja ele qual for, pois, por mais de sete séculos, enquanto você descansava em paz, este corpo tem sido minha prisão e preciso descobrir o porquê.

— A escolha é sua — disse o fantasma. — Se você não parar por vontade própria, não descansarei até que encontre a morte que tanto recusa a aceitar. A honra de nossa família exige isso!

— Você acha que escolhi este destino? — Edward não respondeu. — E você não acha que a honra da nossa família tem sido o que mais prezei durante todos esses séculos?

Edward voltou a falar, o tom repleto de tristeza, talvez até de vergonha.

— Então responda, Will, que honra você traz à nossa família agora, um parasita, sobrevivendo da morte das pessoas que um dia teve a obrigação de proteger? Que honra há nisso?

— Nenhuma — disse Will, sentindo-se magoado. Seu coração ficou dilacerado ao pensar que o próprio irmão o desprezava tanto.

Cambaleou para trás, como se tivesse perdido o equilíbrio, e então ouviu Eloise, cuja voz parecia um ruído distante. Ela perguntou:

— Por que agora? — Ele olhou para ela, que pigarreou e prosseguiu. — Você é um morto-vivo há sete séculos. Pergunte por que ele esperou até agora.

Will virou-se, encarando o olhar severo do irmão, e indagou:

— Por que você esperou todo esse tempo, Edward?

Por um instante, Edward vacilou, mas rapidamente se recompôs e respondeu com outra pergunta:

— O que é o tempo para os mortos?

— Mas por que agora? — Will deu um passo à frente, olhando fixamente para o irmão. — Sou prisioneiro há centenas de anos, e, é verdade, não trouxe honra alguma para a nossa família durante todo esse tempo. No entanto, parece que agora finalmente poderei descobrir a verdade sobre o que aconteceu, talvez consiga até me vingar de quem fez isso comigo, recobrando essa mesma honra da qual você fala. Então por quê? Por que você optaria por me destruir agora? Sou seu irmão, Edward. Por que você nega a mim a oportunidade de me redimir perante os seus olhos?

— Não sei, eu...

— Você precisa saber!

— Você não entende... — respondeu Edward, inclinando a cabeça para o lado, como se pudesse ouvir alguém falando à distância. — Eu tinha que vir.

Will insistiu:

— Mas por quê, Edward?

— Eu não...

Conforme Edward começava a ficar nervoso e confuso, seu rosto parecia retroceder no tempo, deixando-o cada vez mais jovem, até se transformar no menino que Will conhecera.

SANGUE

O jovem Edward olhou em volta como se pudesse ver coisas que não estavam lá, e então, parecendo desprotegido, olhou fixamente para o irmão e disse:

— Estou com medo, Will. Estou com medo.

— Por que você veio, Edward? Não posso protegê-lo se não me contar. — Will mal terminou a frase e já se sentiu culpado, pois sabia que não poderia oferecer proteção alguma a seu irmão.

Talvez Edward também tenha percebido a mentira, pois imediatamente voltou a ficar mais velho e disse com tristeza:

— Como pode me proteger? Você é apenas um garoto.

— É verdade, sou apenas um garoto, e é por isso que lhe pergunto novamente: por que você tenta me destruir?

A incerteza desapareceu, e Edward disse, expressando fúria:

— Porque você é obra das trevas. Você se parece, se comunica e se movimenta como meu irmão somente porque aprisionou a alma dele.

— É mentira.

— Então venha comigo agora. — Edward fez uma pausa após lançar o desafio e acrescentou: — Se é mesmo meu irmão, o que há na morte para que a tema? Aqui é o seu lugar, junto com sua família, com o mundo que conheceu. Se você fosse meu irmão, apreciaria a oportunidade de reunir-se a todos.

Will sentiu-se atraído pelo conforto e aconchego do passado, mas, à medida que seus pensamentos corriam para a manhã iluminada da sua infância, ouviu a si mesmo dizer:

— Não posso. Ainda tenho assuntos não resolvidos por aqui.

— Exatamente, e é por isso que você *não* é meu irmão, não mais. Você é uma coisa possuída! E não vou parar até matá-lo, até dar ao meu irmão verdadeiro a paz que ele merece.

Eloise sussurrou insistentemente:

— Ele ainda não falou o motivo de ter vindo agora. Force-o a dizer.

Will ignorou o conselho e perguntou:

— Você quer que eu vá com você agora?

— É tudo o que peço — respondeu o irmão.

— Will, não faça isso!

— Que tal uma queda de braço para decidir?

Edward ficou confuso com a sugestão, mas Eloise, indignada, disse:

— Você *só* pode estar brincando!

— Que tal, Edward? Se você vencer, vou com você. Se eu vencer, você vai embora.

— Will, por favor, não faça isso! É uma loucura!

Ele virou-se e sorriu para Eloise, tentando passar confiança, embora soubesse que provavelmente aquilo parecia mesmo loucura para ela. Quando se voltou para Edward, o cotovelo do irmão já estava apoiado sobre a sepultura, de prontidão. Will posicionou-se do lado oposto e pegou a mão de Edward.

Eles se olhavam nos olhos e, dispensando as palavras, começaram a competir. Edward tinha a força do homem que se tornara, mas aparentemente o mundo dos espíritos não lhe acrescentara muito mais do que isso. Will era muito mais forte, mas exercia apenas a força necessária para derrubar o braço do irmão lentamente até a superfície da sepultura.

— Lembra-se disso, Edward? Lembra-se que fazíamos isso quando pequenos?

— Isso não tem importância agora — alertou Eloise. — Continue forçando!

— Eu me lembro — respondeu Edward, olhando fixamente para a própria mão, como se incapaz de explicar a desigualdade de forças.

A mão de Edward estava a poucos centímetros da sepultura, mas então, aos poucos, Will foi diminuindo a força, permitindo que o irmão ganhasse um pouco de espaço, depois mais um pouco. Pensou no quanto seria fácil se render à sepultura. A conversa com Edward o fizera sentir saudade daquele mundo.

Eloise, nervosa, gritava:

— Qual é, Will! Você já estava quase vencendo!

Will ignorou Eloise e agora sua mão já estava pendendo para o outro lado, e Edward colocava força total. Will resistiu um pouco para dificultar o desafio, mas não o suficiente para interromper o ímpeto vitorioso de Edward. E, por fim, quando a mão de Will bateu na superfície do túmulo, tudo o que desejava era que tivesse julgado o irmão corretamente.

— Não! — gritou Eloise. Desolada, completou: — Mas acabamos de nos conhecer...

— Está tudo bem — disse Will. — É sério, está tudo bem mesmo!

Edward já havia soltado a mão de Will e agora encarava chocado o irmão. Não aparentava se sentir vitorioso, mas sim ter visto um fantasma. Era como se, durante a disputa, Will tivesse demonstrado a verdade e o amor que ainda sentia após mais de sete séculos.

— Você sempre me deixou ganhar — comentou Edward, emocionado com a lembrança do passado. O tempo da disputa tinha sido suficiente para fazer com que ele relembrasse os anos da infância, quando Will, muito maior do que o irmão mais novo, sempre o deixava ganhar.

— Deixei, sim, meu irmão, mas agora sou eu que peço: é sua vez de me deixar ganhar.

— Não posso — respondeu Edward automaticamente.

— Você não aceita que eu seja de fato seu irmão?

— Como é que eu pude um dia ter duvidado?

— Então, me deixe ficar.

— Não posso — repetiu Edward, embora seus olhos demonstrassem uma resistência.

— Por quê?

— Não posso. Ele... — Edward parou de súbito, como se tivesse levado uma pancada. Tomou a mão de Will nas suas e fechou os olhos. Seu rosto denotava intensa concentração, como se estivesse tentando superar algum tipo de transe hipnótico no qual fora colocado. Quando voltou a falar, teve dificuldade em articular as palavras. — Fui... fui... convocado. Ele... me tem em... seu poder.

— Quem?

Dava pena vê-lo lutar tanto, mas, finalmente, pareceu romper a barreira ao responder de forma clara e firme:

— Wyndham!

Wyndham. Bastou o nome ser mencionado para que as pedras da cripta retumbassem. Havia também outros ruídos ao longe, como o som do galope de cavalos, de lamentos e choros, de angústia... Sons de batalha. E uma gargalhada.

Mas era Edward quem gargalhava, aparentemente feliz por ter desafiado a pessoa que o levantara das profundezas da morte... a pessoa a quem obedecera até aquele momento.

— Quem é Wyndham?

Uma mão saiu da sepultura e começou a puxar Edward pelo braço. Ele soltou Will e empurrou a mão com calma. Ainda sorria de forma vitoriosa quando disse:

— Um feiticeiro, Will. — As paredes e o chão da cripta vibravam, e os ruídos perturbadores que vinham das profundezas eram tão altos que Edward teve que levantar a voz para se fazer ouvir. Ele estava agora lutando fisicamente, pois outras mãos horríveis agarravam-no, tentando puxá-lo de volta ao túmulo. Enquanto defendia-se delas, disse: — Ele é um feiticeiro, e não vai parar até que consiga destruir você. Mas ele não vai me usar novamente, eu juro!

SANGUE

Edward começou a ser tragado pela sepultura e já estava coberto até o peito.

Rapidamente, Will perguntou:

— Esse tal de Wyndham tambem é conhecido como Lorcan Labraid?

Edward riu, mesmo com as mãos arranhando seu rosto, e disse:

— Lorcan Labraid! Will, saiba que Wyndham é perigoso e muito poderoso... poderoso o bastante para me trazer do além e me hipnotizar de forma a incutir em minha mente a vontade de destruir você. Você me perdoa, não é mesmo, Will?

— Claro que sim, Edward!

Edward inclinou a cabeça em agradecimento, apesar de estar quase inteiramente dentro do túmulo.

— Wyndham é perigoso, mas até mesmo *ele* teme Lorcan Labraid. Não há mal maior no mundo. E tenha certeza, Will, de que o seu destino vai levá-lo até ele.

Will tentou fazer outra pergunta, mas era tarde demais: Edward desaparecera completamente. O ruído das pedras e os lamentos do submundo pararam. Segundos mais tarde, houve um assobio ao longe, debaixo deles. Era o assobio de alguém que chamava um cachorro. Ouviu-se claramente um pequeno cão responder, e seu latido foi ficando mais baixo à medida que se aproximava do seu dono.

Edward se fora. A calma e a paz voltaram a reinar na cripta, pelo menos para o restante da sua família. Will olhava fixamente para o mármore frio da sepultura, sentindo-se feliz e triste ao mesmo tempo.

— Sabe, ele foi uma criança linda. Acho que tinha mais saudade dele do que imaginava.

O perfume de Eloise foi ficando mais forte, e ele sentiu que ela tocava seu braço. A força vital da garota imediatamente o deixou repleto de um misto de fome e desejo. Virou-se para olhar para ela, que sorriu oferecendo apoio, mas dava para ver que ela estava preocupada.

— Quem é Wyndham?

Will balançou a cabeça ao recostar-se no túmulo e respondeu:

— Aparentemente, um feiticeiro. Alguém que está disposto a convocar espíritos, até mesmo o do meu irmão, para me destruir.

Sentiu uma solidão e uma nostalgia súbita e inesperada, não pelo lugar que ainda habitava, mas por sua época, sua família, o mundo espiritual para o qual Edward havia retornado em companhia de seu leal cãozinho.

— E Lorcan Labraid?

— Alguém que Jex mencionou. Ele disse que Lorcan Labraid está me chamando. E que ele é o mal do mundo.

— Legal. E pelo jeito tudo isso é novidade para você?

— Sim. Como já disse, não aconteceu nada por mais de setecentos anos. E agora feiticeiros estão tentando me destruir, minhas próprias vítimas me enviam mensagens do túmulo e o maligno Lorcan Labraid chama por mim.

— Você acha que... — Eloise hesitou antes de prosseguir. — Você acha que Lorcan Labraid pode ser a pessoa que mordeu você?

— Possivelmente. Não sei. — Mas pensar naquela criatura, fosse Labraid ou qualquer outro, era suficiente para trazer Will de volta ao presente. Ele não conhecia o motivo pelo qual Wyndham queria destruí-lo nem o motivo pelo qual Lorcan Labraid o chamava, mas poderia, pelo menos, se vingar da criatura que havia iniciado tudo aquilo, reconquistando a honra da família, algo que significava muito para Edward e para ele. — O caderno deve ser a chave de tudo, e, se há uma coisa que posso fazer, é confrontar essa criatura, finalmente.

— Agora estamos falando a mesma língua — comentou Eloise. Ela hesitou um pouco, mas acrescentou: — Mas, hum, primeiro preciso fazer xixi. Tem um banheiro por aqui?

SANGUE

— Não. Acho que na igreja tem.

— Mas como você faz? — Na mente de Eloise, a única resposta possível se formou imediatamente. — Não me diga que você nunca... vai ao banheiro.

— Você realmente acha isso mais estranho do que o fato de não haver batimento cardíaco perceptível em mim, de minha força ser desproporcional ao meu tamanho, de que não como nem bebo e de que, com exceção dos meus cabelos e dos dentes e das unhas, meu corpo permanece igual século após século?

— Bom, vendo dessa forma, acho que não — concluiu, dirigindo-se para o portão da cripta, mas parou, sorriu e disse: — Você me encontrou por alguma razão, Will. Vamos achá-lo e vamos descobrir por que isso aconteceu a você.

Ele acenou com a cabeça, concordando com ela, e retribuiu o sorriso. Queria acreditar naquilo. Porém, o mais importante era que ele acreditava *nela*. Afinal, ela já sabia que ele estava bem perdido, mais do que ela jamais ficaria, e, mesmo assim, ela ainda confiava nele.

14

Will olhou para a escuridão do corredor central da igreja enquanto esperava por Eloise. Não parecia mais o mesmo local de antes do primeiro ataque. Ele não esperava encontrar outro demônio, ou, pelo menos, sentia que Edward não viria mais atrás dele.

Mas o ar estava cada vez mais carregado, como se os portões do submundo estivessem se abrindo lentamente, como se uma grande tempestade fosse iminente. E, depois do vazio de todos aqueles séculos, lá estava ele, no centro de tudo.

— Will? — Ele olhou na direção do banheiro da catedral. Eloise expressou nervosismo ao pedir: — Você poderia vir aqui?

Ele correu para abrir a porta, e, mesmo ela tendo o cuidado de acender somente uma única luz, ficou momentaneamente cego. À medida que seus olhos se ajustavam, ele a viu parada bem no centro do banheiro, a salvo, encarando assustada os espelhos sobre as pias.

— O que foi?

— Olhe para os espelhos, o que vê neles?

Ele não entendeu e disse:

— Já falei para você, consigo ver meu reflexo.

— Não foi isso que eu quis dizer. Olhe *dentro* deles.

De canto de olho, ele percebeu alguma coisa se movendo no espelho. Olhou rapidamente ao redor, mas não havia nada ali. Chegou mais perto e na mesma hora percebeu a presença de figuras indistintas dentro do vidro, como se ele estivesse diante de janelas abertas para um quarto obscuro, visível apenas pelo reflexo das paredes azulejadas.

SANGUE

As figuras estavam encapuzadas e vestiam túnicas escuras. Primeiro, Will pensou que fossem monges, mas logo percebeu, pelas silhuetas, que eram mulheres. Tentou ver seus rostos, mas não conseguiu, e, toda vez que uma delas se aproximava, parecia esconder a face.

— Elas estão sussurrando — disse ele, pois agora podia ouvi-las.

— Foi o que imaginei. Você consegue entender o que elas dizem?

— Não — respondeu ele, mentindo, porque não queria contar a ela do que se tratava. — Nem posso ver seus rostos.

— Eu vi — disse Eloise, bem baixinho. Will virou-se para ela, que continuou dizendo: — Elas não têm rosto. São espaços vazios, ou quase vazios.

Will observou novamente os espelhos, mas as mulheres começaram a se distanciar. Logo depois, sumiram, e o reflexo do espelho mostrava apenas o ambiente iluminado em que estavam.

Eloise sorriu e disse:

— Acho que eram fantasmas. Você deve ter visto muitos fantasmas ao longo dos séculos.

— Nunca até hoje. — Ela ficou meio confusa com a resposta, ouvindo-o acrescentar em seguida: — Pelo menos, não queriam nos fazer mal.

Ela parecia não saber o que falar, mas acabou rindo e disse:

— Isso, *sim*, é uma perspectiva positiva. Vamos?

Will concordou e eles voltaram para o corredor central, apagando a luz ao saírem.

Eloise ficou novamente encantada com a névoa que a luz da noite deixava no interior da catedral, e isso fez com que Will parasse para que ela pudesse contemplá-la.

— É tão linda, nunca tinha realmente notado isso, não até conhecer você. — Eloise olhou para ele e indagou: — Ela foi construída antes de você nascer, não foi?

Ele fez que sim com a cabeça, explicando:

— A maior parte foi construída muito antes, mas ela ainda estava em construção. A Capela de Nossa Senhora começou a ser erguida quando eu ainda era pequeno.

Ela riu, como se ainda não conseguisse acreditar que ele fosse tão velho quanto a catedral, e então disse:

— Certo, então vamos voltar para a cripta. — Mal deram um passo e Eloise parou novamente. — A cripta da família Heston-Dangrave! Esse é o seu sobrenome!

— Tornou-se o sobrenome da minha família no decorrer dos anos.

— Não sei por que não pensei nisso antes, eu estudo na Escola da Abadia de Marland, ou pelo menos estudava. É bem provável que já tenham me expulsado de lá. Mas isso não pode ser apenas coincidência, pode? Que a minha escola fique no mesmo lugar para onde sua família se mudou após a Dissolução?*

Ele sorriu ao ouvir a história de sua família contada daquele jeito. Henrique VIII havia destruído Marland, e os descendentes de seu irmão ficaram com as terras. Eles construíram a espaçosa mansão de estilo jacobeano — que era agora a escola mencionada por Eloise — e, no século XIX, construíram a mansão de estilo gótico ao lado das ruínas da própria abadia. Mas até mesmo esta mansão não constituía mais um local de residência, incorporando-se ao patrimônio histórico.

Os títulos já não existiam há muito tempo, e as remanescentes da família, duas irmãs solteironas, faleceram havia cinquenta anos.

---

* Dissolução dos Mosteiros, ocorrida na Inglaterra na época de Henrique VIII. A Monarquia se apropriou dos rendimentos da Igreja e eliminou seus membros ativos. A Dissolução ainda representa a maior transferência jurídica de propriedade da história inglesa. (N. T.)

SANGUE

Will ficou triste ao pensar nas realizações de sua família, nas casas magníficas que construíram — embora nunca as tivesse visto pessoalmente —, sabendo que nada mais existia.

Toda sua família, todos os Condes de Mércia e seus descendentes de sobrenome Heston-Dangrave estavam perdidos no tempo, a linhagem nobre reduzida a pó nos túmulos de duas irmãs que nunca tiveram filhos. Ele era o único que sobrara, e isso não era o suficiente.

— O que foi? Você parece triste.

— Não foi nada. É que eu conhecia muito bem Marland quando criança. Estivemos lá logo antes da minha doença. Não a vejo desde a maldição, e não a reconheceria se a visse. — Concluiu, suspirando: — Tudo isso parece ter acontecido há muito tempo.

Eloise aproximou-se, e sua voz parecia quase um sussurro:

— Will, quando foi a última vez que alguém abraçou você?

Ele tentou pensar na resposta mesmo sabendo que era óbvia, e, antes que pudesse responder, Eloise enlaçou sua cintura com seus braços e ficou abraçada a ele por um tempo, apoiando a cabeça nos seus ombros.

Ele sentia que seus braços não haviam se movido, mas não sabia ao certo como agir. Tentou falar novamente, mas ela afastou-se um pouco e o beijou. Seus lábios eram macios e Will sentiu o calor de sua língua contra a dele num breve momento de intenso prazer; contudo, na mesma hora, seu gosto se tornou irresistível.

Dava para sentir o gosto do seu sangue. Seus lábios, sua língua, cada partícula, a riqueza metálica do sangue correndo por suas veias e por seu coração pulsante. E, embora soubesse que seus dentes estavam lixados, o instinto animal despertado por aquele sabor fez com que quisesse mordê-la nos lábios, fazendo o sangue jorrar.

Will percebeu a beleza de Eloise assim que a viu, sentia uma conexão muito forte com ela a ponto de ser tolo o bastante para imaginar um momento de intimidade como aquele. Mas a verdade cruel de sua situação era a solidão — estéril e detestável.

Ele a empurrou decidido para longe, o que a fez parecer abalada e angustiada.

— Sinto muito — disse ele. Tentou dizer algo mais, mas sentiu uma dor tão violenta na cabeça que parecia partir seu cérebro ao meio. Contraiu o corpo, segurando a própria cabeça com força, sentindo que explodiria se não a segurasse.

— Will, o que foi? Você está bem? — Eloise expressava preocupação e medo.

— Sim. Perdoe-me. Você não entende. — Ele ficou em silêncio até que a dor e a lembrança do gosto ficassem mais fracas. Depois, recuperado, olhou para ela e sentiu-se ferido novamente ao notar sua expressão de mágoa.

— Eloise, por favor, não pense que ignoro a sua beleza. — Lembrou-se da visão que teve dos dois passeando numa tarde de verão e desejou ardentemente que fosse verdade, que ambos tivessem realmente vivido outras vidas. Sorriu ao pensar nisso e continuou explicando: — Se você estivesse viva há setecentos e cinquenta anos atrás, eu certamente teria me apaixonado por você, mas você não estava e agora, sendo como sou, não estou destinado ao amor. Quando você me beijou, tudo o que eu sentia era o gosto do sangue. O seu sangue. Compreende? É demais para mim.

— Você quer dizer que eu tenho gosto de jantar. — Ele esboçou um sorriso como resposta. Ela riu também, mas logo ficou séria novamente. — Na verdade, o mais estranho é que você não tem gosto de nada. Nadinha mesmo.

— Sou um nada — respondeu ele de forma simples.

— Não acredito nisso — retrucou ela, balançando a cabeça. Depois, deu de ombros e completou: — Bem, como não vai rolar pegação pelo resto da noite, acho melhor tentarmos decifrar o caderno.

SANGUE

Will sorriu. Ele não sabia o significado de "pegação", mas ficou aliviado ao vê-la alegre e descontraída depois de tudo que havia acontecido. Eloise sabia que não tinha motivos para acompanhá-lo, ela sabia que ele não era humano, mas mesmo assim não fugiu.

Ela queria ajudá-lo a encontrar quem o mordera, mesmo que esse alguém fosse Lorcan Labraid, o mal do mundo e que, aparentemente, fazia parte do destino de Will. E ela mostrava-se determinada a enfrentar demônios, o fantasma do irmão dele e até mesmo os estranhos espíritos dos espelhos.

Ainda assim, esses espíritos preocupavam Will. Lembrou-se da pergunta sussurrada por eles no banheiro e tentou respondê-la na própria mente, determinado a não perder Eloise. Mas a pergunta sussurrada ecoava em seus pensamentos, atormentando-o ainda mais pelo fato de já tê-la ouvido antes: "Você irá sacrificá-la quando chegar a hora?"

15

As pessoas podem passar a vida inteira sem que consigam aprender coisas importantes sobre si mesmas. Portanto, não seja severo demais ao me julgar quando digo que tinha 500 anos quando entendi totalmente que meu único relacionamento duradouro seria com a perda — a única certeza em minha vida é que vou perder todas as pessoas, mais cedo ou mais tarde.

No final do século XVII, os comerciantes haviam se tornado a força dominante e exibiam sua riqueza com a construção de imensas casas na área verde ao norte dos muros da cidade. Inicialmente, isso me desagradou muito, porque os campos e as florestas daquela região representavam o meu abrigo favorito durante as curtas noites de verão. Mas não podemos deter o progresso, então continuei a caminhar do lado de fora do Portão Norte, mesmo com a paisagem destruída e transformada numa elegante extensão da cidade.

De fato, as casas novas e seus moradores exerciam um fascínio cruel sobre mim, mesmo quando a região campestre que eu tanto apreciara tinha deixado de existir havia várias décadas. E foi assim que conheci Arabella.

Sua casa era bonita e toda protegida por cercas vivas. A casa continua lá, embora não tão majestosa como outrora, e a maioria dos jardins, há muito tempo, cedeu espaço para outras construções.

Durante uma noite de verão em 1714, eu estava passando por lá para voltar à cidade quando senti o cheiro inconfundível de sangue do outro lado da cerca viva. Mesmo naquela época, as pessoas pouco

SANGUE

se aventuravam à noite, com medo de bandidos e de espíritos, e, apesar do calor, o céu estava bem escuro e sem a luz do luar.

Pulei a cerca para observar os jardins, mas tudo que vi foi um espírito atravessando os gramados e caminhando entre as floreiras. Usando uma camisola branca esvoaçante, com os longos cabelos loiros e ondulados, e a pele branca como leite, ela aparentava ser um fantasma ou um anjo, pairando na escuridão.

Era Arabella, aos 13 anos de idade. Fiquei instantaneamente impressionado com sua beleza. Caminhei pelo jardim, aproximando-me com cuidado por entre as sombras. E somente depois de segui-la por algum tempo foi que consegui entender que ela andava enquanto dormia, ou seja, era sonâmbula.

Naquela primeira noite, fiquei tão hipnotizado por ela quanto minhas vítimas ficam hipnotizadas por mim. Ela caminhou por uma hora, parando de repente para observar o céu. Depois voltou para casa, como se alguém a tivesse chamado.

Também olhei para o céu e percebi que havia passado muito tempo a observá-la, totalmente enfeitiçado. Voltei para a cidade correndo, chegando à cripta somente quando minha pele começou a formigar devido ao desconforto trazido pela aproximação da alvorada. No entanto, ri durante todo o caminho, não me contendo de alegria.

Eu a vi somente uma vez, mas nada havia mexido tanto comigo em quase quinhentos anos de existência. Se eu fosse um rapaz como outro qualquer, teria me declarado apaixonado.

Voltei ao local todas as noites da semana seguinte, e, no início, havia vezes em que esperava, mas ela não aparecia. Logo percebi que o sonambulismo somente acontecia quando o clima estava mais quente e úmido.

Então, escolhi cuidadosamente as noites de minhas visitas e aprendi a interpretar tão bem o tempo e a disposição noturna da Arabella que raramente ficava desapontado.

Numa certa noite no verão seguinte, a lua estava cheia, e eu ainda continuava por lá, no jardim, apesar do desconforto da luz do luar que queimava a minha pele. Mesmo me escondendo nas sombras, a sensação de formigamento penetrava em minha carne. No entanto, pouco me importava, porque a noite estava quente e Arabella saíra de casa. Ela era uma distração até então única para mim.

Arabella havia caminhado somente por poucos minutos e estava se distanciando ao atravessar o gramado. De repente, parou e virou-se para me olhar.

Supus que ela ainda estivesse em sono profundo, mas, num tom curioso, finalmente disse:

— Olá. — Talvez eu não devesse ter respondido, mas respondi, e então ela sugeriu: — Saia das sombras para que eu possa vê-lo.

Caminhei para a frente, protegendo ao máximo meus olhos do luar, e disse:

— Não quero lhe fazer mal.

Ela estava prestes a dar uma resposta severa quando me examinou à luz pálida da lua e afirmou:

— Conheço seu rosto, como se já o tivesse visto antes. Quem é você?

— Sou William... — Calei-me a tempo, lembrando que qualquer referência ao meu nascimento levantaria suspeitas. — Por favor, me chame de Will.

Ela lançou um olhar arrogante, algo que fazia bem mesmo de camisola.

— E você pode me chamar de senhorita Harriman.

Quase cheguei a rir pelo fato de a filha de um comerciante dirigir-se a mim daquela forma, mas aceitei seu convite de forma gentil e respondi:

— Obrigado, senhorita Harriman. Posso, no entanto, saber o seu nome?

SANGUE

— Arabella. — E, sem que eu perguntasse, ela informou: — Tenho 14 anos.

— E eu tenho 475.

Ela me olhou de cima a baixo e concluiu:

— Então você é uma ilusão, um fantasma perdido no tempo, embora esteja vestindo a última moda. E eu tenho que voltar para a cama, temendo por minha alma. — Riu, divertida. Depois, cruzou o gramado e disse: — Boa-noite, fantasma.

— Boa-noite, senhorita Harriman.

Naquela época, nenhuma garota de 14 anos teria agido como Arabella. Se ela tivesse acreditado que eu era feito de carne e osso, teria corrido apavorada, temendo por sua honra e sua vida. Se tivesse acreditado que eu era uma assombração, teria gritado de medo, temendo por sua alma.

No entanto, quaisquer que sejam os costumes da época, algumas pessoas conseguem ser autênticas, e ela era uma dessas pessoas. Nas noites em que acordava do sonambulismo, ela conversava comigo, às vezes por pouquíssimos minutos, às vezes por uma hora inteira.

Nunca procurei acordá-la, e suas caminhadas noturnas eram limitadas aos meses mais quentes, mas, nos anos seguintes, conversamos várias vezes, sempre laconicamente, como se ela não acreditasse que eu fosse de verdade... Como se eu fosse um amigo imaginário que aparecia para ela durante os sonhos.

Talvez isso pareça um grande compromisso de minha parte, pegar o caminho para aquele mesmo jardim tantas vezes durante vários anos. Todavia, se comparado à extensão da minha vida até então, vejo aquele momento como um romance de verão passageiro.

Não houve romance, embora os breves momentos na companhia dela tivessem me aquecido e me recomposto. Era maduro o suficiente para saber que a teria amado se pudesse, se parte da minha maldição não fosse a perda dessa emoção física.

E a maldição de verdade era que eu não tinha perdido a lembrança do amor, nem perdido o meu desejo por coisas que um dia conheci. E então, no ano em que Arabella tinha 17 anos, esperei em vão durante as noites quentes, como teria feito qualquer rapaz apaixonado, mas ela nunca mais apareceu.

Perguntava-me se ela teria sido acometida por algum tipo de doença nos meses anteriores, ou se havia se casado e se mudado para longe. Durante vários anos, caminhei sem rumo pela cidade, na esperança de vê-la. Ousava até aproximar-me o máximo possível do mundo iluminado das casas suntuosas.

E foi somente no inverno de 1742, bem depois de a minha esperança se esvair, que a vi novamente. Havia algum tipo de festa no salão recém-construído na cidade e por lá paravam os coches das famílias ricas da região.

Eu observava das sombras, como sempre observei a maior parte da história e da vida da minha cidade. Foi então que a vi. Arabella desceu de um coche, e, com exceção da camisola de antigamente, ela havia mudado muito pouco nos anos que se passaram.

Fiquei paralisado ao vê-la de novo. E, inesperadamente, dei vários passos em sua direção, sentindo girar na cabeça um turbilhão de pensamentos, preso à esperança inverossímil de que ela, de alguma maneira, houvesse se transformado em alguém da minha espécie.

Estava a poucos metros de distância quando a mulher que a acompanhava virou-se e olhou-me fixamente, primeiro demonstrando hostilidade, depois perplexidade. A mulher era obviamente a mãe da jovem; uma mulher de 42 anos, idade muito mais avançada na época do que agora.

Então sua expressão confusa subitamente se inquietou com alguma lembrança distante, como se ela estivesse se lembrando de um sonho recorrente da infância; foi quando percebi o meu erro. A mulher mais

SANGUE

velha era a própria Arabella. As lembranças foram finalmente se amarrando em sua mente, e duvido que ela teria ficado mais horrorizada se a própria morte a tivesse confrontado.

Acho que ela desmaiou, embora não tenha certeza. Ouvi o tumulto somente enquanto fugia de cena. E, quando pensei na forma como a idade havia sido implacável com o seu rosto, acho que me senti mais sozinho do que em qualquer outra época desses sete séculos e meio.

Foi por isso que tentei me destruir, pois entendi, naquele momento, que minha vida não passava de uma peça cruel que o destino me pregara. Assim como os deuses da Grécia Antiga maquinavam punições impiedosas e eternas àqueles que os haviam ofendido, eu tinha sido forçado a viver uma sobrevida por toda a eternidade, com um coração vazio e nenhuma esperança de fuga.

Ou melhor, quase nenhuma esperança. Vários anos antes, adquirira um livro diferente e muito raro... E, apesar de suas falhas, ainda o tenho em meu acervo... O livro inclui o primeiro relato que li sobre criaturas que compartilhavam a maior parte das características da minha doença.

Usando a informação do livro, retornei ao meu covil na noite em que vi Arabella novamente, moldei uma estaca de madeira, deitei-me na cama, e finquei-a com toda a força no meu coração.

O resultado foi instantâneo: minha força foi diminuindo. De imediato, fiquei tão fraco fisicamente que minhas mãos penderam para os lados do meu corpo, e eu não mais conseguia levantá-las. Por um brevíssimo momento, senti-me feliz, percebendo que a morte se aproximava.

Mas a morte não veio. Gritei, não de dor, mas de agonia e frustração, e não conseguia me movimentar. Estava duplamente preso, primeiro devido à minha doença, e depois por causa da estaca que cravara em meu próprio peito.

É impossível descrever o tempo que perdi naquele purgatório, imobilizado e indefeso, mas totalmente consciente da minha condição, *hora após hora, dia após dia, ano após ano. Acreditei que o meu estado não poderia ficar pior do que já estava, mas estava errado.*

O sono da hibernação finalmente se apossou de mim. Quando despertei, a estaca não estava mais no meu coração, e o ferimento já havia cicatrizado. Gostaria de poder dizer que fiquei feliz, mas me senti apenas como um criminoso ao deixar a prisão e ser mandado para o exílio.

Encontrei a estaca no chão, ao meu lado. A madeira havia começado a rachar e concluí que ela havia reduzido seu domínio sobre mim, e que eu havia conseguido, de alguma forma, retirá-la durante o sono, assim como Arabella, caminhando enquanto dormia, poderia um dia ter removido um espinho da mão ou do pé.

E sim, mesmo após ter me libertado daquelas décadas de tormento, ainda pensava em Arabella nos dias que se seguiram à minha recuperação. Mas um novo mundo me esperava na cidade acima. Arabella estava morta, assim como a filha que um dia eu vi, e todas as demais pessoas que chegaram para a festa naquela noite distante.

O ano era 1813, e, apesar de ter perdido quase um século inteiro, havia aprendido uma lição valiosa: nem mesmo a morte me queria. Eu estava em um eterno estado de suspensão entre a vida e a morte, e acreditei que assim seria por toda a eternidade.

16

Will sentou-se e observou Eloise, que estava recostada na cama com o caderno de Jex, seu próprio caderno e muitas canetas, copiando várias coisas de um para outro, absorvida pela pesquisa. Parecia sentir-se em casa ali, como se aquele fosse o apartamento mais confortável do mundo.

Ele estava feliz por ela não parecer nada chateada com o que havia acontecido entre eles. Era como se o fato tivesse desaparecido por completo de sua mente, mas para Will não era tão fácil assim esquecer o toque dos lábios dela, aquele breve momento de prazer antes do tormento e da dor.

Tentou tirar da cabeça aqueles pensamentos, mas logo voltou a sonhar novamente, retornando àquele mesmo céu azul, mesmo enquanto ouvia o som da caneta de Eloise deslizando sobre o papel. Sabia que sonhar duas vezes daquela forma em tão pouco tempo era estranho, mas não tinha vontade alguma de questionar a situação.

No sonho, Eloise estava com ele novamente. Ela dizia algo, mas ele não conseguia ouvi-la; ela sorriu e aproximou-se dele para beijá-lo. Mesmo que uma parte sua lhe dissesse que ele estava meramente revivendo o beijo na igreja, ele sabia que não era a mesma coisa.

Sentiu a maciez dos lábios dela, o calor do sol em sua pele, o calor do corpo dela contra o seu. Desta vez, não havia dor e, mesmo além do prazer, havia algo mais, uma sensação de totalidade, como se ele estivesse à procura daquele beijo há sete séculos.

— Terminei.

As palavras de Eloise o trouxeram de volta para o presente, deixando claro que ele poderia procurar por mais sete séculos e mesmo assim a felicidade ainda continuaria tentadoramente fora de alcance.

Eloise olhou para ele e disse:

— Desculpe, assustei você.

Ele sorriu.

— Você não me assustou. Eu estava sonhando.

— Sonhando acordado?

— Não é algo que acontece com frequência, mas estava acontecendo.

— E sonhava com o quê?

— Nada. Com um céu de verão.

Ela sorriu e ele sentiu-se exposto, imaginando se ela havia percebido a mentira. Mas Eloise estava pensando em outra coisa quando batucou com os dedos no caderno de Jex sobre a cama.

— Não foi tão difícil como pensei, todas as profecias estão escritas em letras maiúsculas. O restante não passa de um diário comum.

— Essa foi a minha impressão.

— Pois é. — Olhou para o seu próprio diário e disse: — Bem, não há nada aqui sobre Lorcan Labraid, nem sobre Wyndham ou os fantasmas nos espelhos. Mas tem um cara chamado Asmund que é mencionado algumas vezes. Primeiro, está escrito que ele espera com os espectros.

— Com os espíritos.

— Não, pensei que fosse isso a princípio, mas definitivamente está escrito espectros. Está escrito ainda que "A igreja sem membros se pronunciará e Asmund representa sua voz". E que "Seu criador espera na igreja das almas e do campanário perdidos". Seu criador deve ser

SANGUE

uma referência à pessoa que mordeu você, não acha? Asmund é um vampiro e está à sua espera em uma igreja. É isso que eu acho. — Eloise parou de falar e, estremecendo de leve, como se tivesse sentido um calafrio, perguntou: — Você não percebeu nada disso quando leu o caderno?

— Havia tanto a ser assimilado... — disse Will distraído ao perceber uma mudança estranha na atmosfera do local, o que era preocupante. Será que foi por isso que ela estremeceu?

Eloise olhou novamente para suas anotações e disse:

— Quem diria? O caderno de Jex o está guiando até a pessoa que você mais procurou por todo esse tempo.

Foi quando Will percebeu o que estava errado. Eloise se levantou para vestir o casaco, e sua respiração saía de seus lábios como uma névoa. A temperatura caíra bruscamente depois que ela desvendou o mistério, como se alguma presença sobrenatural estivesse no quarto com eles, atraída por aquelas palavras.

Talvez ela estivesse certa sobre o caderno levá-lo até o esconderijo da criatura. A criatura tinha um nome — Asmund— e, se Will o encontrasse, talvez descobrisse por que fizera aquilo com ele, por que fora escolhido, por que seu legítimo lugar na História lhe fora negado. Além disso, ele teria a chance de se vingar de Asmund pela maldição recebida.

Eloise tremia levemente, sem perceber, mesmo depois de ter vestido o casaco. E, mesmo com a atmosfera distorcida à sua volta, com a temperatura do quarto caindo e com a forma com que a conversa parecia perturbar o submundo, Will quis continuar. E o pior era que, por mais que temesse o perigo para ambos, ele não conseguia parar.

— Então Asmund deve servir a Lorcan Labraid, e com ele encontrarei respostas sobre o meu destino; e, mais importante, poderei me vingar pelo que ele fez comigo e com a minha família.

Ela concordou com a cabeça, como se pela primeira vez entendesse de fato sua existência amaldiçoada, e disse:

— Então precisamos encontrar essa igreja.

Enquanto Eloise falava, Will sentiu algo atrás dele. Não era um cheiro, mas uma presença, como se alguém tivesse tocado em seu ombro. Isso foi o bastante para surpreendê-lo e fazê-lo se virar, mas ainda estava olhando para Eloise quando ouviu um sussurro ríspido e insistente próximo ao ouvido.

— Está chegando a hora!

Ele virou para trás, e tudo o que viu foi a câmara vazia, as velas e as entradas das outras câmaras. Mas os sussurros estavam mais audíveis agora, e ele reconheceu as vozes dos espíritos que eles tinham visto mais cedo.

Atrás dele, Eloise perguntou:

— Você está ouvindo também, não é? Um murmúrio, como o das mulheres dos espelhos?

Ele se virou para ela, que parecia estar congelando, encolhida na cama, a pele quase azul de frio. Ele fez que sim e ela disse:

— Ainda bem, pensei que fosse apenas eu. E talvez você não tenha notado, mas está muito frio aqui

Will se levantou, dizendo:

— O sussurro vem daquela direção. — E apontou para a entrada da câmara de pedras com a piscina natural.

Ela também se levantou, deixando claro que estava disposta a segui-lo para onde fosse. Will não podia culpá-la por isso. Ele também estava nervoso, porque nem o espírito de Edward tinha conseguido entrar facilmente em sua câmara, e porque aqueles espíritos o trouxeram muito rapidamente à realidade.

Eles pareciam mais preocupados com Eloise, e só a possibilidade de ela estar em perigo fazia com que Will temesse o pior. Aquela batalha não era dela.

SANGUE

Ele caminhou pela passagem e os sussurros ficaram mais altos. As vozes não sussurravam em harmonia, mas uma por cima da outra, fazendo com que apenas uma ou outra palavra fosse audível. Will só conseguia entender o que elas diziam porque já tinha ouvido a mesma frase antes.

— Quando chegar a hora... Você... Quando chegar a hora... Você irá sacrificá-la quando chegar a hora?

A pergunta era tão insistente que ele começou a duvidar de si mesmo. Não sabia para onde estava levando Eloise nem se seria capaz de protegê-la. No calor do momento, será que ficaria tentado a sacrificá-la? Mais uma vida humana em troca de...? Mas não queria pensar nisso, porque sabia no fundo de sua alma que ela não era apenas mais uma vida.

A câmara estava vazia, mas os sussurros pareciam estar por toda a parte, ecoando pelas paredes rochosas da caverna subterrânea que fora um dia, às vezes soando tão próximos que faziam Will virar-se continuamente, na esperança de ver um dos espíritos atrás dele.

Eloise aproximou-se da piscina e pôs a vela na borda. Observou, por um momento, a superfície da água, e então disse:

— Hum, acho que você vai querer dar uma olhada nisso.

Ele se aproximou e olhou para baixo. A porção de água iluminada pela vela havia se transformado, era como se eles estivessem olhando através da janela, ondulada e verde, de um quarto distante. Parecia ser o claustro de um convento e lá embaixo caminhavam as mulheres vestindo túnicas, sussurrando sua constante oração.

Como ocorrera diante dos espelhos da igreja, na hora em que Will olhou para as mulheres, elas perceberam sua presença e lentamente desapareceram do seu campo de visão até que restasse apenas o chão de pedra do convento fantasma.

A água começou a escurecer; os sussurros ficaram mais distantes. Novamente, no entanto, Will teve a estranha sensação de alguém estar em pé bem atrás dele. Virou-se e dessa vez viu uma das figuras de túnica, em tamanho real, desaparecendo no corredor.

Ele a seguiu, embora uma parte dele não quisesse, e Eloise apressou-se em pegar a vela para ir atrás dele. Viu de relance o espírito entrar em um corredor mais estruturado que levava à sua câmara mortuária. Embora soubesse se tratar de um espírito, aquela mulher lhe parecia real.

Ela desapareceu quando Will adentrou o corredor, mas ele sabia que só havia um lugar para o qual ela poderia ir. Ele entrou na câmara mortuária, com Eloise logo atrás dele. As velas iluminavam as paredes e a terra em torno das extremidades do caixão, a figura encapuzada de costas para eles no canto à distância.

O espírito não se mexeu. Ficou parado, encarando a parede em silêncio.

— O que você quer de mim? — Não houve resposta e Will deu um passo à frente, mas Eloise o interrompeu, pondo a mão no seu ombro.

Eloise olhou para a figura e repetiu a pergunta de Will:

— O que você quer de mim?

Desta vez, houve um breve movimento, como se o espírito respondesse de alguma forma à voz de Eloise, que começou a caminhar em sua direção. Will admirou sua coragem, porém ainda estava bem preocupado, desejando que o espírito não se virasse, desejando não ver o espectro de um rosto que Eloise tinha visto nos espelhos. Ele também não conseguia entender por que temia tanto aquele espírito e a razão de sua presença ali.

Sentia que o espírito em si não representava perigo para Eloise, pelo contrário. No entanto, não conseguiu se conter e alertou:

— Eloise, espere!

A mão de Eloise estava firme e pronta para tocar a mulher, mas ela hesitou e se afastou enquanto a túnica começava a crepitar com energia. Saíam faíscas do tecido, como acontece quando há muita eletricidade estática. A figura parecia estar se mesclando à parede,

SANGUE

as faíscas formando raios irregulares pela superfície da túnica, tornando-se mais intensas.

A luz brilhava tanto que Will teve que proteger os olhos, e, quando abaixou a mão, somente Eloise estava presente. Os últimos vestígios das luzes crepitantes desapareciam na parede.

— O que aconteceu?

Eloise ainda estava olhando para o canto, petrificada, quando comentou:

— Ela atravessou a parede. — Mas ela ainda olhava para o local como se esperasse pelo retorno do espírito. Finalmente, virou-se e disse: — Não estou imaginando tudo isso, estou? Aquele espírito, ela... ela respondeu a mim mais do que a você.

Will assentiu.

— Seja qual for a razão, acho que eles estão tentando protegê-la. Também estão tentando me lembrar do que eu deveria saber desde o início, que esta é a minha busca e devo fazê-la sozinho.

A expressão de Eloise mudou num piscar de olhos, fazendo-o se lembrar da garota nada amigável que ele viu pela primeira vez perto do rio. Ela disse, determinada:

— Não, não acho que seja isso! Você precisa de mim. Sei que não precisou de ninguém durante centenas de anos, mas acho que precisa de mim desta vez. E você tem que admitir que, mesmo para os seus padrões, há algo realmente muito estranho acontecendo com você agora.

Ele queria dizer que sempre havia precisado de alguém, que tal necessidade nunca o abandonara. Todavia, em vez disso, afirmou:

— Eloise, tudo é estranho quando se trata da minha existência. Não é estranho que eu esteja aqui, conversando com você, 750 anos depois da época em que deveria ter morrido de velhice? Talvez você apenas entenda completamente a estranheza dessa situação quando tiver 70 anos e eu ainda for o rapaz que você vê agora.

— Isso se você ainda estiver vivo. — Ele a olhou inquisitivo e ela rebateu: — Parece que, a partir do momento em que você encontrou aquele caderno, algo foi acionado para fazê-lo encontrar seu destino. — Ela apontou casualmente para o caixão sepultado entre eles. — Ou vai morrer tentando.

Will pareceu concordar. Ele ainda não queria contar o quanto a segunda alternativa lhe agradava. A morte era tão tentadora quanto uma cama quente para uma criança sonolenta, mas, antes de se entregar, precisava saber a verdade. Precisava saber quem havia feito isso com ele e por que o fizera. Se Asmund era o responsável, então queria saber quem ele era e qual a sua intenção ao fazê-lo; queria saber se o motivo teria sido Lorcan Labraid ou qualquer outra coisa maligna; e, é lógico, queria vingar-se dele.

— Talvez eu realmente precise que você me ajude a encontrar Asmund, mas... — Não conseguia achar uma forma de terminar a frase sem revelar o que ouvira da conversa dos espíritos, então deu de ombros e propôs: — Vamos para o outro quarto.

Will deixou que ela fosse na frente, mas seguiu-a bem de perto, embora a atmosfera tivesse voltado ao normal e fosse óbvio que a visita havia terminado.

Eloise encaminhava-se para a cama, mas parou um pouco antes.

— O caderno de Jex. — Apontou para o caderno estava que aberto em cima da cama.

— O que tem ele?

Ela abaixou a vela, virou-se para Will e disse:

— Não estava aberto quando o deixei aqui.

Ela tinha razão. Lembrou-se que ela tinha até brincado com o caderno fechado, batucando sobre a capa dura antes de ler suas próprias anotações. Ela pegou o caderno e verificou as duas páginas abertas, tentando encontrar o que o espírito queria que vissem.

SANGUE

— É difícil decifrar a letra dele; e esta é só uma das páginas do diário! — Ela examinou bem, depois parou, olhou para Will e novamente para a página, incrédula. — Por que não vi isso antes?

— O que diz aí?

— *"Chris e Rachel sabem a verdade. Eles já viram e sabem."*

Ela apontou para a linha no meio do denso texto que se estendia pelas duas páginas. Will balançou a cabeça enquanto verificava o restante do que conseguia enxergar, esperando que os espíritos estivessem tentando deixar uma mensagem diferente daquela.

Eloise já estava decidida.

— Faz sentido! Eles conheciam Jex, e, portanto, podem nos falar sobre ele. E talvez possam até nos ajudar a encontrar a igreja.

Will fez que não com a cabeça.

— Impossível. Se procurarmos Chris e Rachel, teremos que contar a eles quem eu sou, ou, pelo menos, algo a meu respeito. Não posso correr esse risco!

— Por que não?

— Porque é assim que tenho conseguido sobreviver por todos esses séculos: mantendo-me o mais distante possível das pessoas! — Eloise não parecia convencida, e então ele acrescentou: — Além disso, não disse nada antes, mas algo no comportamento deles me incomodou. A forma como me olharam, a forma como o meu ferimento ardeu quando eles se aproximaram...

— Talvez seja pela mesma razão que levou os espíritos a abrirem o caderno nesta página, pela mesma razão que levou Jex a escrever que eles sabiam: porque eles fazem parte disso; eles devem ser úteis e, acredite em mim, eles são boas pessoas.

— Pode ser que sim, mas você também tem que entender por que preciso ser cauteloso. Os espíritos abriram o caderno, mas não sabemos se isso foi um sinal ou um aviso. Pelo que sabemos, esses espíritos são invocados por Wyndham, assim como aconteceu com Edward.

— Você sabe que não foram! — Eloise parecia furiosa, mas certa, e não acalmou o tom quando disse: — Olha, algo o levou até Jex, algo trouxe você até mim, e agora a mesma coisa está levando você até Rachel e Chris. Há uma boa razão para isso, sei que há, e estou pedindo que confie em mim em relação a eles.

Sua determinação em envolver Chris e Rachel era surpreendente e, com uma ponta de angústia, era semelhante à rejeição que ele conhecia tão bem. Imaginava se ela não estaria se cansando da sua fria companhia e desejando voltar para perto dos vivos.

— Eu confio em você, de verdade, mas não posso...

— Então prove que confia em mim!

— Você não entende, eu...

— Eu os ouvi. — Seu tom era enérgico e desafiador, e, como resposta à expressão confusa de Will, ela afirmou: — Eu ouvi o que os espíritos disseram. Mais cedo, e depois na piscina, sobre me sacrificar quando chegar a hora...

Ele ficou mudo por um instante, perplexo com a revelação, pois ela não tinha dado sinais de tê-los ouvido. Ele também se perguntou se ela estaria dizendo tudo aquilo por querer procurar Chris e Rachel. Ela podia estar só testando Will e temendo agora que ele *realmente* pudesse sacrificá-la

Ele indagou:

— Por que você não me contou?

— E por que você não me contou também?

— Porque pensei que você fosse ficar com medo, que fosse me deixar. Não quero que você me deixe. E porque, aconteça o que acontecer, nunca vou sacrificar você, não importa o que o futuro nos reserve.

Eloise esboçou um sorriso.

— Era o que eu esperava. Nos conhecemos há pouco tempo, mas já sinto que posso confiar totalmente em você. E é por isso que agora peço que você também confie em mim.

SANGUE

Will balançou a cabeça, admirado por ela ter adquirido tanta confiança nele num período de tempo tão curto. Ele pegou sua mão e sentiu o calor do sangue pulsando em suas veias, desejando que isso não o fizesse pensar no quanto de vida ela tinha a perder.

Olhou para os dedos cobertos por anéis de prata e perguntou:

— Você se importa se eu fizer uma coisa? — Ela consentiu com a cabeça. — É que você tem mãos tão bonitas...

Delicadamente ele tirou um anel, depois outros dois, deixando à mostra a beleza pálida e delicada dos dedos. Olhou a mão dela sobre sua e foi dominado por um verdadeiro bombardeio de lembranças e relances da vida que poderia ter sido dele.

Eloise também olhava para as mãos unidas e, como se estivesse pensando o mesmo, declarou:

— Os homens devem colocar anéis nos dedos de uma mulher, e não tirá-los.

— Se ao menos eu fosse um homem como os outros... — Relutante, soltou a mão de Eloise e devolveu os anéis. — Tenho medo de estar envolvendo-a numa situação arriscada, mas confio em você, de verdade.

Ela sorriu e perguntou:

— Então podemos procurar o Chris e a Rachel?

Ele fez que sim com a cabeça e sorriu. Sabia que confiava nela mais do que em qualquer outra pessoa desde o dia em que ficou doente e por isso sabia que iria acabar cedendo. Talvez ela tivesse razão sobre Chris e Rachel possuírem a informação de que ele precisava, mas a simples ideia de voltar ao Terra Plena o perturbava, justamente por não saber o suficiente sobre o casal.

O que eles teriam visto? O que eles sabiam? E acima de tudo, se eles não representavam qualquer perigo para ele, então por que aquele antigo ferimento ardeu na presença deles, fazendo-o se lembrar de ter sido mordido um dia e de toda a dor que a mordida lhe infligia?

17

Eram quase onze horas da noite e o clima da cidade era tenso e inconstante. Grupos de rapazes e moças andavam pelas ruas, muitos deles bêbados, gritando e rindo. Naquele momento, as pessoas estavam despreocupadas, mas o perigo de violência estava em toda parte.

Talvez fosse por causa dos estranhos acontecimentos dos últimos dias, mas Will sentia, como antes, que o elemento causador daquela atmosfera ameaçadora das ruas era algo maior do que o feio cenário de bebedeira ao seu redor.

Era como se a própria cidade estivesse se preparando para alguma catástrofe iminente. Sempre se falara de fantasmas e trevas por ali, mesmo em seu tempo de menino, e agora esse clima sombrio parecia jorrar das pedras e dos troncos das árvores, além de descer dos céus.

O que Will não sabia era se ele sentia agora tudo aquilo devido ao seu próprio estado de espírito e aos acontecimentos enigmáticos que o surpreenderam ou se a perturbação na atmosfera era real e, pior, se estava acontecendo por causa dele.

Acreditava que ele e Eloise formavam um casal peculiar: pele pálida e roupas pretas. Tal aparência fazia com que se destacassem das outras pessoas, e Will chegou a ouvir comentários sarcásticos em vários lugares, semelhantes aos feitos por Taz. No entanto, os dois mantinham as cabeças baixas e continuavam caminhando.

Eloise também ouvia os comentários e chegou a dizer:

— Engraçado, odeio violência, mas é bom saber que você poderia facilmente dar uma lição em todas essas pessoas se quisesse.

SANGUE

— É claro que eu poderia — afirmou Will. — Só que minha existência depende de minha discrição. É por isso que estou incomodado com o fato de me encontrar com seus amigos outra vez.

— E mesmo assim vai encontrá-los — disse ela, enfatizando o óbvio.

— Pois é — assentiu ele, sorrindo, ao entrarem numa das ruas mais estreitas e tranquilas.

Eram onze horas quando chegaram ao Terra Plena, e os últimos clientes já estavam saindo. Chris se despedia deles e limpava as mesas, mas sua expressão mudou quando viu Eloise e Will se aproximando. Seu olhar denotava expectativa quando eles chegaram à porta.

— Precisamos de sua ajuda — disse Eloise.

Parecia que Chris esperava ansiosamente por isso, pois respondeu prontamente:

— Claro, entrem! — Abriu passagem para que eles entrassem, trancou a porta atrás de si e depois mudou a placa de ABERTO para FECHADO.

Ficou ali por um momento, hesitante, e então Rachel veio do salão principal abrindo um largo sorriso ao vê-los.

— Ei, vocês! Que surpresa boa!

— Eles precisam da nossa ajuda — disse Chris.

Will percebeu a mesma expressão nos olhos de Rachel. Era a expressão de alguém que achava que seu dia de sorte acabara de chegar. Ele sabia que algo ali estava errado, e não era somente pelo ferimento no braço, que praticamente queimava na presença deles. Sentia-se como uma rara espécie de mariposa, atraída por uma armadilha de luz por eles preparada. Somente os olhos confiantes de Eloise o impediam de voltar correndo para a escuridão noturna.

Rachel sorriu entusiasmada e convidou:

— Por que vocês não vêm comigo até a nossa casa?

— Pode deixar que eu termino aqui — assegurou Chris, enquanto Will e Eloise seguiam Rachel pela cozinha e, depois, por um corredor que conectava os ambientes.

Era evidente que os fundos do prédio tinham sido bastante ampliados desde sua construção, pois Rachel agora os conduzia à parte onde moravam, que era bem espaçosa, mas com um formato irregular.

Estantes cobriam a maioria das paredes, e onde não havia livros havia cristais e estatuetas bizarras. Parecia uma versão mais desordenada do café.

Rachel levou-os para uma sala de estar onde havia dois sofás verdes, um de frente para o outro, com uma mesinha oriental entre eles.

— Por favor, sentem-se. Eu ia tomar chá verde. Vocês me acompanham?

— Aceito um pouco, obrigada — disse Eloise.

— Para mim, não. Obrigado.

— O que posso lhe oferecer?

— Nada, obrigado. Estou bem assim.

Rachel acenou com a cabeça antes de se retirar.

Eloise tirou o casaco e sentou-se em um dos sofás. Will ficou em pé por um tempo, até Eloise pedir, com um gesto, que ele também tirasse o sobretudo. Foi o que ele fez, sentando-se depois ao lado dela. Olhou com naturalidade para as paredes cheias de livros, alguns tão antigos e raros que ele até poderia considerá-los para o seu próprio acervo.

Eloise, que também admirava a sala, perguntou:

— Não é o máximo? Gostei do clima desse lugar.

Will concordou com a cabeça e quis saber:

— Você já tinha vindo aqui?

SANGUE

— Na casa, não.

Ele suspeitava que ela não era nada desconfiada, já que não parecia estranhar o fato de Chris e Rachel os tratarem de forma tão especial de repente. Mesmo depois de Will ter exposto suas inquietações, Eloise ainda não conseguia ver nada sinistro ali. Tudo o que via eram pessoas boas, honestas e hospitaleiras.

Antes que ele continuasse falando, Rachel voltou com uma bandeja. Nela havia três xícaras grandes de chá verde e um prato com um tipo rústico de biscoito.

Ela estava pondo a bandeja sobre a mesa quando Chris entrou. Os dois se sentaram no outro sofá. Rachel serviu o chá, comentando:

— Will, eu me sinto uma péssima anfitriã por você não estar bebendo nada. Tem certeza de que não...

— Obrigado pela preocupação, mas não quero nada. Mesmo.

Rachel deu de ombros, mostrando que desistia, e ofereceu os biscoitos a Eloise. Ela pegou um biscoito e Chris começou:

— Então vocês estão precisando de nossa ajuda?

Segurando o biscoito, Eloise respondeu:

— Sim, precisamos que nos contem tudo o que sabem sobre o Jex.

Will examinava o casal com bastante atenção enquanto Eloise falava. Eles não se entreolharam, talvez porque teria sido muito óbvio, já que os dois olhavam na mesma direção. Mas suas reações eram quase idênticas: pareciam um pouco surpresos, o que sugeria que estavam esperando outro tipo de pedido.

Chris hesitou, como se quisesse tocar no assunto que realmente o interessava, mas acabou suspirando e dizendo:

— Não sabemos muito. Ele cursava doutorado, acho que em teologia. Mas abandonou anos atrás. Foi viajar, depois voltou. Foi quando o vimos pela primeira vez, e só porque ele veio aqui. Desde então, se tornou um cliente habitual.

Rachel acrescentou:

— Chris lhe emprestou dinheiro, mas ele insistiu em devolver uns dois meses depois.

Eloise então perguntou, parecendo frustrada:

— Algum dia ele falou sobre a cidade, digo, sobre o lado oculto da cidade ou sobre a sua história?

— Claro! — disse Chris. — Ele sempre falava dessas coisas... Mas nós também falamos.

Eloise continuou tentando.

— E não havia nada mais que fosse diferente nele? — indagou, finalmente provando o biscoito.

O casal parecia não ter nada mais a acrescentar, até que Rachel lembrou:

— Ah, sim, tinha os surtos.

— Verdade! — concordou Chris. — É claro! Como não pensei nisso?

— Ele tinha surtos às vezes. Uma vez, no café, ele entrou em transe e começou a falar em latim.

— O que ele disse? — perguntou Will.

— Não sei. Era latim.

— Você não fala latim?

Chris rebateu, incrédulo:

— Você fala?

— Eu falo um pouco — comentou Eloise.

Will gesticulou apontando os livros a sua volta, evitando responder à pergunta de Chris.

— Pensei que vocês dois tivessem uma formação mais erudita.

— Até podemos ter, mas, infelizmente, não somos linguistas — replicou Rachel.

Para mudar o foco do assunto, Chris perguntou com naturalidade:

— E você, Will? De onde você vem?

SANGUE

Will percebeu que Eloise ficou tensa, e Rachel estava igualmente nervosa, fazendo força para passar a impressão contrária. Chris era melhor ator, mantendo-se jovial e franco, como se tivesse feito a pergunta mais ingênua do mundo.

A intuição de Will dizia que era hora de descobrir de que lado os dois estavam. Sabiam algo sobre ele, e precisava descobrir o que era antes que a conversa prosseguisse.

— De onde venho é menos importante do que onde estou. Por que vocês me deixaram entrar em sua casa? — Rachel e Chris se entreolharam sem saber o que responder. Eloise ainda parecia incomodada, porém agora mais pelo tom de Will do que pela pergunta de Chris. — Vocês não sabem absolutamente nada a meu respeito, e, no entanto, em nosso segundo encontro, aqui estou eu, sentado nesta sala de estar. Por quê? Duvido que vocês dediquem tanta hospitalidade até mesmo aos clientes mais habituais. Então, por que a estendem a um estranho como eu? Por que estou aqui?

Se fossem ingênuos, se não soubessem mesmo nada sobre ele, e Will tivesse interpretado mal os seus olhares e as palavras de Jex, aquela era a hora para que se sentissem ofendidos, pedindo que ele fosse embora. Mas isso não aconteceu.

Rachel e Chris estavam imóveis, não conseguindo ou não querendo responder. Eloise remexeu-se no sofá. Will achava que ela iria sair correndo de vergonha na primeira oportunidade que surgisse. Era o tipo de situação social difícil que ela provavelmente procurava evitar na maior parte das vezes, e agora, sem dúvida, estava pensando no motivo de Will ter agido daquela forma. Mas, ele sabia que tinha razão.

Por fim, Rachel deu um longo suspiro e pediu:

— Mostre para ele. — Chris a interrogou com os olhos. — Chris, não seria a primeira vez que faríamos papel de tolos. Além disso, não tenho dúvida alguma.

— Nem eu.

Ela acenou com a cabeça.

— Pegue o laptop. Mostre para ele.

Chris se levantou e saiu da sala, voltando em seguida com algo que, para Will, parecia um livro de prata, grande e fino. Abriu-o, colocou-o sobre a mesa e apertou algumas teclas.

Em seguida, olhou para Eloise e disse:

— Você sabe que nos dedicamos ao ocultismo, ao sobrenatural. Bem, não somos bruxos nem algo parecido, mas somos apaixonados pelo assunto.

Antes que Eloise pudesse confirmar que sabia disso, Rachel acrescentou:

— Estamos tentando instituir o curso de parapsicologia na universidade.

— Que legal — reagiu Eloise, aparentemente muito impressionada.

— Bem — continuou Chris —, creio que sempre nos interessamos por isso, mas o que vou mostrar para vocês agora foi o que nos impulsionou. Pode não parecer muito, mas nos fez acreditar que há mais neste mundo do que aquilo que podemos ver.

Chris virou o laptop para que todos pudessem ver a tela. Ia apertar outra tecla, mas Rachel o interrompeu:

— Espere! Primeiro você tem que explicar o contexto. Não dá para apenas mostrar o filme.

— É verdade — concordou Chris. Will teve a impressão de que eles mostravam aquele filme aos outros com tanta frequência, e que a história se tornara tão familiar para eles, que Chris se esquecia da necessidade de dar maiores explicações. — Estudávamos na universidade daqui. Foi lá que nos conhecemos, no nosso primeiro ano de faculdade.

SANGUE

Rachel perguntou para Eloise, sorrindo:

— Dá para acreditar? E estamos juntos desde aquela época.

— Isso é lindo! — exclamou Eloise.

— Então, isso aconteceu no nosso primeiro ano juntos... Era uma noite de primavera em 1989 — explicou Chris, e Will logo ficou perturbado, percebendo que a data coincidia com seu último período de atividade. — Eu tinha acabado de comprar uma câmera de vídeo, o que era o máximo naquela época, e estávamos testando para ver como ela funcionava à noite. Estávamos de bobeira, na praça perto da catedral, filmando um ao outro, como dois patetas.

— Mas o importante é que era de madrugada, num dia de semana, e não havia ninguém mais por perto, ninguém mesmo.

— É verdade — concordou Chris. — Estávamos só nós dois, então imaginem o susto que levamos quando vimos o filme mais tarde e percebemos uma terceira pessoa em cena. Era um fantasma? Não fazíamos ideia, mas era estranho, pelo menos foi o que achei.

Rachel balançou a cabeça diante da lembrança e disse:

— Ainda me lembro dos meus pelos da nuca se arrepiando quando vimos o filme pela primeira vez.

— Bem, a história é essa. E aqui está o filme. — Chris virou o laptop um pouco mais para que Will e Eloise vissem melhor. Apertou uma tecla. Apareceu uma imagem congelada e, então, o filme começou.

18

O filme era exatamente como Chris havia descrito, primeiro um, depois o outro, bem-agasalhados por causa do frio, rindo, dançando e fazendo caretas para câmera. Eram bem jovens no filme, quase tão jovens quanto Eloise era agora.

Mesmo sem aparecer para a câmera, podia-se ouvir o jovem Chris, com o tom de voz um pouco mais alto do que era agora, dizendo:

— Vamos tentar aparecer juntos na filmagem.

Chris precisou se posicionar melhor, esticando a câmera com um dos braços, antes que conseguisse filmá-los lado a lado. Rachel virou-se para Chris e eles se beijaram, e a cena terminou subitamente com a câmera apontada para o chão. Momentos depois, Rachel sugeriu:

— Agora está ficando muito frio, vamos embora.

A câmera se moveu para uma posição diferente, mostrando a lateral da catedral, enquanto ambos discutiam sobre o que iriam fazer depois. Levou alguns segundos para que Chris percebesse que a câmera ainda estava filmando antes de desligá-la. Mas, durante esses segundos, registrou uma pessoa em frente ao muro da catedral, observando-os atentamente.

Agora Will entendia por que eles acharam que aquela pessoa fosse um fantasma; na verdade, não era por não a terem visto no momento da filmagem, mas por causa do rosto assustadoramente branco e da expressão extremamente triste. O vídeo havia sido feito poucos dias antes da última hibernação.

SANGUE

E o mais estranho era que ele se lembrava da ocasião, pois na sua mente o tempo passado parecia pouco mais do que uma semana. Em cada período de atividade, chegava o momento em que Will necessitava de sangue, mas não queria se alimentar, pois a terra o atraía com mais força do que a fome de continuar. Aquele tinha sido um desses momentos.

Ele se lembrava deles — duas pessoas um pouco mais velhas do que ele, beijando-se, abraçadas — e do que sentiu ao vê-los. Foi o instinto que o fez hibernar, não a vontade, mas teria escolhido hibernar naquele momento de qualquer forma, porque percebeu que tudo o que o sangue podia lhe oferecer era andar pelas sombras, observando as outras pessoas viverem.

Aquilo o deixara muito abalado, mas, mesmo assim, até ver o filme, permitiu que lhe fugisse da memória. Agora a verdadeira surpresa para ele era não ter reconhecido Rachel e Chris — mesmo que, para seus olhos, tivessem envelhecido vinte anos no que lhe parecia ser poucos dias, deveria tê-los reconhecido por causa daquela noite.

Chris se inclinou e virou o laptop para si, apertando algumas teclas antes de virá-lo de volta. A tela estava agora congelada na imagem da pessoa em frente à parede da catedral.

— É por isso que você está em nossa casa — disse Chris. — Este *é* você, não é, Will?

Seria isso que Jex quis dizer em seu diário quando escreveu que eles viram, que eles sabiam?

— Sim, sou eu.

Ficaram sem palavras, mas teria sido ridículo negar. Porém, a reação deles fez com que Will se questionasse se realmente estavam preparados para saber a verdade.

— Mas isso foi filmado há vinte anos — disse Chris.

— Você está exatamente igual — acrescentou Rachel. — Como isso é possível? Você não é um fantasma.

— Ele é um vampiro. — Chris, Rachel e Will se viraram para Eloise. Ela virou-se para Will com uma expressão arrependida. — Me desculpe. Mas você explicaria de outra forma?

Rachel tentou dizer algo várias vezes e finalmente perguntou:

— Quando Ella diz que você é um vampiro, o que exatamente...?

— Hum, como estamos sendo honestos e tudo mais, preciso confessar que meu nome verdadeiro é Eloise.

Chris olhou para ela deixando transparecer que até mesmo essa simples confissão lhe causava surpresa.

— Mas você não é uma vampira, é?

Eloise respondeu, rindo:

— Claro que não! Você já me viu comer.

— Eu prefiro o termo morto-vivo — disse Will, e todos os olhos se voltaram uma vez mais para ele como se estivessem hipnotizados. — Estou preso neste corpo desde que as bruxas foram queimadas naquela noite de 1256 e, a partir do inverno de 1263, sou, aos olhos de Deus, se não de mais ninguém, William, Conde de Mércia.

— É claro que você é! — exclamou Rachel, visivelmente em estado de choque. — Você tem quase 800 anos de idade e está aqui, sentado em nosso sofá, e é um vampiro que precisa da nossa ajuda. É claro.

— Prefiro o termo morto-vivo — repetiu Will.

— Não entendo — disse Chris. — Definitivamente, é você no filme, e, por mais louco que isso possa parecer, tenho mesmo que aceitar essa coisa de morto-vivo. Mas onde você esteve esse tempo todo? Onde você mora? Como? Digo, como você se transformou em um vamp... morto-vivo?

— Não posso dizer onde moro. Apenas que neste momento estou procurando pela pessoa que me mordeu. É por isso que estamos aqui. Eloise acredita que vocês possam nos ajudar a encontrá-lo.

Eles olhavam para Will, tentando processar o que ele estava dizendo, mas ainda esperando por respostas para suas próprias perguntas. Era óbvio que queriam respostas; era um desejo natural, tão

SANGUE

natural quanto a tendência de Will em se desesperar com as perguntas, pois sabia apenas um pouco mais do que eles.

Uma parte dele desejava que fosse hibernar agora, que mergulhasse num sono profundo e apenas ressurgisse em outra época, que ele pudesse decidir a velocidade dos eventos. Mas a escolha não era dele, e a força controladora de sua existência, qualquer que fosse, havia decidido que agora era a hora do seu acerto de contas.

— Na noite em que as bruxas foram queimadas, eu tinha 16 anos de idade e era herdeiro do Condado de Mércia...

Will resumiu a todos sua história, e os três ouviram atentamente, até mesmo Eloise, que já sabia boa parte dela. Ele descreveu a natureza da sua condição ou, pelo menos, o que sabia a respeito, e finalizou com uma revelação que acabou surpreendendo Rachel e Chris, mesmo depois de tudo que já havia sido dito.

— Eu hibernei alguns dias depois de vocês capturarem minha imagem e apenas voltei a acordar há poucos dias. Precisava de sangue e escolhi uma vítima qualquer, alguém de quem ninguém sentiria falta, seu amigo Jex. Mas agora acredito que minha escolha não foi coincidência, porque ele tinha um caderno. — Will retirou o diário do seu bolso. — Este caderno. Ele fala de mim, e menciona vocês, motivo pelo qual estamos aqui. Mesmo assim, precisam entender que meus instintos não me permitem confiar nos outros.

— Você pode confiar na gente — disse Rachel, e ela deixou transparecer tanta sinceridade que fez Will querer acreditar nela.

Chris perguntou, balançando a cabeça:

— Mas que tipo de ajuda você espera de nós? Não me entenda mal, estamos dispostos a ajudar. Apenas não vejo como podemos fazer isso.

Eloise respondeu:

— Vocês podem nos ajudar a compreender algumas das profecias no diário. Precisamos encontrar uma igreja, um lugar que possa ser o covil de Asmund; acreditamos que ele seja o vampiro que mordeu Will.

— Pode até ser bem longe daqui — disse Will. — O livro fala de uma igreja das almas e do campanário perdidos.

Curiosa, Rachel olhou para Eloise e perguntou:

— Como vocês dois se conheceram?

— Ele me salvou.

— Provavelmente porque o destino quis assim — acrescentou Will. Eloise olhou para ele, surpresa pelo comentário, e ele sorriu, dizendo: — Acredito que Eloise possa, de alguma forma, fazer parte do meu destino. Talvez vocês também.

Will não explicou de que forma eles poderiam fazer parte de seu destino, se para o bem ou para o mal, mas Chris concordou, como se também sentisse isso. Ele demonstrava ter superado o choque e pareceu estar determinado quando estendeu a mão, dizendo:

— Me deixe ver esse caderno. Vou fazer uma cópia e tentaremos descobrir o que for possível.

Will lhe entregou o caderno, mas perguntou:

— Vou recebê-lo de volta?

— Em um minuto ou dois — disse Chris antes de sair da sala.

Rachel então disse, despertando subitamente de seu estado de choque:

— Uma igreja sem membros, vocês acham que pode ser um vilarejo perdido?

— Vi isso na televisão — disse Eloise entusiasmada. — Dá para ver o contorno de cima. A população foi exterminada por uma peste ou algo assim.

A peste; parecia que toda sua vida estava condicionada a uma peste ou outra. Mas Will também sabia que aquele era o momento certo, e era provável que Asmund tivesse hibernado durante as terríveis visitas da peste.

SANGUE

— Vamos procurar no Google — disse Rachel, virando o laptop em sua direção.

À medida que digitava, Will pensou ter sentido Chris voltando para a sala e se virou, ansioso para reaver o diário. Mas não era ele, e Will ouviu um ranger suave do assoalho acima, quase imperceptível, como se alguém estivesse tentando passar despercebido. Em seguida, Will pôde ouvir que Chris permanecia em seu escritório.

Rachel e Eloise pareciam não ter ouvido nada e estavam ocupadas discutindo sobre vilarejos encontrados na internet, então Will perguntou:

— Há mais alguém na casa? Alguém no andar de cima?

Rachel olhou para cima e disse:

— Não, por quê?

— Por nada, pensei... Você se incomoda se eu der uma olhada?

Ela consentiu, indicando que qualquer pedido feito por ele no momento não seria negado.

Eloise olhou para Will visivelmente preocupada, mas ele a tranquilizou:

— Está tudo bem, volto logo.

Ele caminhou pelo corredor, passou pelo escritório onde Chris copiava as páginas do caderno numa máquina que chiava e piscava, e subiu as escadas para o andar de cima. Ao chegar ao topo, parou e ouviu o mesmo ranger vindo de um dos cômodos, que provavelmente ficava bem acima da sala de estar.

Abriu a porta e entrou. Parecia ser outro escritório. Havia um pequeno abajur aceso sobre a escrivaninha, brilhando com tanta intensidade que seus olhos demoraram um pouco para se ajustar. O cômodo estava vazio, e agora também silencioso, mas Will pôde sentir que não era meramente sua imaginação; havia algo de errado naquela casa.

Foi até a escrivaninha; uma brisa soprou suavemente, vindo de algum lugar, passando pelos outros cômodos e balançando algumas portas. Quando começava a imaginar que poderia estar errado sobre os passos que ouvira, uma rajada de vento derrubou e espalhou alguns papéis pelo chão.

Mais uma vez, sentiu um calafrio na espinha como se alguém estivesse atrás dele e se virou, certo de ter ouvido os mesmos passos sutis passando pela porta aberta. Mas, novamente, não havia ninguém lá.

Antes de sair, Will recolheu os papéis e os colocou de volta sobre a escrivaninha. Eles estavam endereçados a Chris e impressos em papel timbrado da mesma empresa, Fundo Breakstorm. Ele examinou o conteúdo rapidamente; era sobre uma caridade voltada para a Educação, o tipo de coisa com a qual um ricaço como Chris estaria envolvido. Se algum espírito quis alertá-lo sobre isso, Will não conseguiu entender o porquê.

Voltou para o corredor e fechou a porta, parando por um momento. Não ouvia mais os passos, nem qualquer outro barulho incomum, mas ainda sentia a presença de alguém ou de alguma coisa lá em cima. Continuou andando, até parar em frente à porta da esquerda.

Atrás daquela porta, não havia odores diferentes, mas certamente havia uma presença. Will ouviu, logo abaixo, o chiado da copiadora de Chris, e Rachel e Eloise conversando, então empurrou a porta e entrou no cômodo.

Era um quarto, também com um pequeno abajur aceso. Will imaginou se Chris e Rachel tinham medo do escuro. Mas novamente, agora que estava lá dentro, a presença parecia ter desaparecido no quarto vazio. Havia algo de estranho ali tentando provocá-lo.

Will caminhou pelo quarto até parar em uma janela que tinha vista para a rua estreita em frente ao café. E foi então que viu a presença que o tinha atraído lá para cima.

SANGUE

Parada, naquela rua vazia, estava uma das mulheres de túnica da catedral, o rosto baixo o suficiente para ficar oculto atrás do capuz.

Will olhou para ela, quase sem se dar conta do próprio reflexo pálido no vidro da janela. Ela parecia saber que ele a observava, porque levantou um dos braços e apontou em direção à rua. Ele olhou, mas não viu nada, apenas a torre iluminada da catedral. Perguntou a si mesmo se era aquilo que ela queria dizer, se ela queria que ele voltasse para lá, talvez alertando-o dos perigos existentes no Terra Plena.

Ela abaixou o braço e lentamente, pela primeira vez, ergueu a cabeça. Will compreendeu imediatamente o que Eloise havia dito. O espírito tinha apenas a sombra de um rosto, como se os traços estivessem cobertos por um véu místico, todos indistintos, com dois espaços escuros no lugar dos olhos.

E então outro espaço escuro se abriu na face encoberta, e ele percebeu que o espírito havia aberto a boca. E, mesmo sem emitir qualquer som, o espírito o chamava. Ele não entendeu por quê, mas recuou, chocado e confuso diante da visão daquela mulher, mesmo depois de tudo que já tinha visto na vida.

Atrás dele, ouviu Chris chamando:

— Está tudo bem, Will?

— Tudo bem! — respondeu, virando-se, e, quando olhou novamente pela janela, viu, com certo alívio, que a mulher não estava mais lá e que a rua estava vazia novamente.

Chris estava esperando por ele ao pé da escada.

— Pensei ter ouvido passos, mas me enganei — disse Will.

— Bem, já sabemos que essa casa é assombrada — disse Chris, sorrindo. — Achei que você soubesse lidar com isso melhor do que nós. — Will balançou a cabeça e olhou nos olhos dele, tentando entender tudo o que podia pelos olhos daquele homem. Então Chris sorriu envergonhado, e estendeu o braço. — Seu caderno.

— Obrigado — disse Will, e voltaram juntos para a outra sala.

Eloise ergueu os olhos e disse:

— Ainda não encontramos nada que se encaixe, muitos vilarejos abandonados, mas...

— Vou continuar procurando — garantiu Rachel.

— Obrigado. — Will olhou para Eloise e disse: — Mas agora precisamos ir.

Ela concordou com a cabeça, como se entendesse, e começou a vestir o casaco, parando somente ao ouvir Chris perguntar:

— Como vocês irão para lá, quando encontrarem o lugar?

Chris parecia ansioso, sentindo, talvez, que estava prestes a perder Will após reencontrá-lo depois de todos aqueles anos. Não significava que suas intenções fossem ruins, e Will queria mesmo acreditar em Chris e Rachel, principalmente por causa de Eloise.

— O que você quer dizer? — perguntou ele.

— Você disse que esse lugar provavelmente não fica na cidade e, pelo jeito, você não poderá fazer isso durante o dia. — Chris sorriu e sugeriu: — Quero dizer que, quando você descobrir a localização do tal lugar, nós o levaremos até lá, se você aceitar, é claro. A qualquer hora, não importa onde.

— É muita generosidade sua — agradeceu Will, sem dizer mais nada. Agora ele tinha certeza de que Chris e Rachel estavam, de alguma forma, ligados à sua busca; era mais uma pequena peça do quebra-cabeça que se encaixava. No entanto, ainda era muito cedo para saber se realmente podia confiar neles.

Sim, era verdade que parte do comportamento deles tinha sido explicado: eles o filmaram por acaso em 1989, mas Will não sabia nada sobre eles e não tinha como saber o que haviam feito nos anos que se seguiram. Pelo que sabia, e até que eles provassem o contrário, haviam vendido suas almas e estavam aliados às mesmas forças que procuravam destruí-lo.

19

—Não está se sentindo melhor em relação a eles agora? — Will e Eloise estavam caminhando por uma rua só de pedestres, agora deserta, que tomava a maior parte do caminho do café até a igreja. A cidade inteira parecia mais calma agora e, se algum ato de violência tivesse sido praticado, não havia vestígio algum que pudesse comprová-lo.

— Um pouco.

— Um *pouco*? — repetiu ela, indignada. — Agora você sabe por que eles estavam agindo de modo estranho. Porque o filmaram há vinte anos e você ainda continua com a mesma aparência. E tem que admitir que eles foram muito atenciosos.

Ela tinha razão, e Will achava que não havia motivo para suspeitar deles, mas ainda restava uma dúvida cruel.

— Tudo que você está dizendo é verdade, mesmo assim não espere que eu vá confiando neles de imediato.

— Você confiou em mim de imediato.

— E será que fiz a coisa certa?

— Claro que sim!

— Então, se acertei em relação a você, será que também não estou certo em ir com cautela em relação a Chris e Rachel?

Eloise resmungou, frustrada:

— Meu Deus, às vezes você realmente fala como um velho de 750 anos de idade.

Will começou a rir, mas parou quase que na mesma hora ao sentir um cheiro estranho no ar. Ao mesmo tempo, Eloise parou de andar e disse:

— Nossa, olha o tamanho daquele rato. — Ela apontou para a sombra dos altos edifícios na calçada e para um rato enorme que corria determinado para o rio. — Lá vai mais um.

Mas não era só mais um, havia mais ratos nas duas calçadas da rua, centenas deles, todos correndo para a direção oposta da catedral, como se estivessem fugindo de um naufrágio.

Eloise olhou para o céu escuro e perguntou:

— Será que há um incêndio aqui perto?

Will fez que não com a cabeça.

— Não há incêndio algum. — Mas, devido à pressa dos ratos da cidade, fugindo como um exército derrotado, alguma coisa estava para acontecer. — A natureza costuma prever catástrofes, às vezes dias antes que aconteçam. Pensando bem, sinto que há algo errado desde que matei Jex. E temo que os ratos sejam um sinal de que precisamos encontrar a igreja o mais rápido possível.

— Rachel e Chris...

— Eles nos levarão até lá. — Assim que terminou a frase desejou que houvesse outra forma de chegar até o local, sentindo que o envolvimento deles não tinha como acabar bem. — Mas não posso esperar até que eles a encontrem; além disso, acabei de lembrar onde podemos encontrar essa informação, um local que os computadores deles não podem acessar.

Eloise observava os ratos, que pareciam se multiplicar nas sombras, trombando uns contra os outros como que desesperados para fugir da cidade e alcançar o rio, correndo assustados sem saber o que temiam.

SANGUE

Um cachorro igualmente assustado latiu numa rua próxima. E longe dali, provavelmente além da capacidade de audição de Eloise, Will podia ouvir outros cachorros latindo. Não havia dúvida de que os cachorros também teriam fugido, se pudessem. Uma tempestade se aproximava — não dava para saber que tipo de tempestade era, apenas que estava chegando.

Eloise apontou para os ratos.

— Por favor, diga que não vamos com eles.

Ele fez que não com a cabeça, continuou andando em frente e perguntou:

— Você conhece a biblioteca da catedral?

— Não está aberta ao público — respondeu Eloise.

— É linda, você tem que ver. Durante a Dissolução, o Conde da época, um impostor involuntário, que tinha o mesmo nome do Rei, ordenou a construção.

Um rato bateu em outro e correu para perto deles por um segundo, voltando apressadamente para a proteção da parede. Eloise hesitou por um momento, mas Will continuou a passos largos e ela teve que correr para alcançá-lo.

— Henrique de Mércia foi uma personalidade interessante, feliz por tomar as terras monásticas ao mesmo tempo em que estava igualmente determinado a salvar a biblioteca, que continha inúmeros manuscritos interessantes, que hoje teriam se perdido se ele tivesse tomado outra atitude. Alguns deles, é claro, agora fazem parte do meu próprio acervo.

— Isso é ótimo, mas nosso tempo está se esgotando, não dá para vasculharmos a biblioteca toda. Pesquisar no Google é mais rápido.

Will sorriu diante da impaciência dela e disse:

— Ele também autorizou alguns dos monges a produzir mais duas grandes obras, um mapa ilustrado das suas terras e um relato escrito de todas as paróquias sob seu domínio, um *Domesday Book** só dele. Acho que essas duas obras podem nos dar pistas da localização da igreja que estamos procurando.

— Bem, nesse caso, o Google pode não ser o método mais rápido, supondo que você saiba exatamente onde encontrá-las.

Will olhou para ela e ficou perplexo ao se dar conta de como ela não fazia ideia dos anos que ele já tinha vivido, do vazio, das repetidas noites de isolamento solitário, dos dias insones confinado em sua câmara. Diante de tamanha tristeza, a biblioteca tornou-se para ele tão familiar quanto um brinquedo favorito.

Entraram na catedral por uma pequena porta lateral e foram para a sacristia. Will pegou a chave reserva que estava procurando e foi na frente dela para mostrar o caminho.

Ao chegar do outro lado, usou a chave para abrir uma pesada porta de madeira e guiou Eloise por uma escada helicoidal até atravessar uma pequena porta emoldurada por um elaborado arco de pedra. Quando entraram, ele acendeu as luzes para ela e, enquanto seus olhos lutavam para se ajustar, esperou por algum comentário de Eloise.

Ela olhou ao redor e disse:

— Ah, sim, é... é bonita. — Sentia-se desapontada.

Will olhou a sala comprida, de pé-direito baixo, com as duas paredes cheias de livros e com as antigas vigas de carvalho arqueadas no teto abobadado. Observando a sala do ponto de vista dela, dava para imaginar que não parecia nada demais, mas era apenas o começo do que tinha para mostrar a ela, e, embora estivessem ali

---

* *Domesday Book* é um livro de registros de terras e propriedades pertencentes à Inglaterra encomendado pelo rei Guilherme I, grande conquistador do século XI. (N. T.)

SANGUE

com um propósito sério, percebeu que estava desesperado para que ela amasse aquele mundo secreto.

— Primeiro precisamos ir para a sala dos mapas — disse e notou que ela olhava para a sala aparentemente simples, talvez tentando ver onde poderia estar a entrada da sala dos mapas. — Mas há mais uma coisa que preciso dizer antes de prosseguirmos. Henrique de Mércia adorava quebra-cabeças e enigmas.

— Sim! É claro! — exclamou Eloise, como se subitamente tivesse percebido quem era a pessoa de quem Will estava falando. — Há um labirinto em Marland que se chama Labirinto de Henrique.

— Impressionante! — disse Will, pois, por mais que tentasse acompanhar a história da família desde que deixaram a cidade, jamais tinha ouvido falar do labirinto. — Impressionante, especialmente porque esta biblioteca, apesar de parecer simples, é um labirinto tridimensional. Então, por favor, procure não sair de perto de mim. Caso isso aconteça, fique no mesmo lugar para que eu encontre você.

Eloise concordou com a cabeça, expressando entusiasmo. Ele achou reconfortante que, depois de tudo que ela havia presenciado nos últimos dias, ainda estivesse animada com a perspectiva de explorar uma biblioteca, mesmo uma tão extraordinária como aquela.

Levou-a até a metade da sala, até um ponto em que as estantes dos dois lados abriam espaço para uma porta.

— Esquerda ou direita, você escolhe.

— Esquerda.

— Perfeito! — Will a levou até a porta que dava numa pequena ponte de madeira, atravessando a escuridão. Havia algumas luzes, mas não o suficiente para iluminar as sombras complexas e contorcidas que se espalhavam debaixo deles.

Eloise parou e olhou para baixo, visualizando outra ponte um pouco abaixo, em posição diagonal àquela em que estavam agora;

dava para ver pequenas sacadas e partes de escadas abertas que surgiam de maneira aparentemente aleatória. E até as sacadas possuíam suas próprias estantes, como se cada esconderijo acomodasse o seu próprio tesouro de conhecimento.

Ao se dar conta de que aquilo era uma biblioteca, Eloise suspirou e disse:

— Isso. É. Maravilhoso. É como... sabe os quadros de Escher? — Will balançou a cabeça. — Ele foi um artista que desenhou torres e coisas com escadas em uma grande espiral, mas todas as escadas estão subindo, sabe, criando ilusões de ótica. Isso parece uma ilusão de ótica.

— Acho que essa era a intenção. Como você vê, a sala pela qual entramos fica sobre o topo de...

— Não, não me diga. Jamais quero saber como isso foi construído. Nem quero saber como andar por aqui. Estragaria tudo.

Will concordou com a cabeça, entendendo o desejo dela de ater-se aos mistérios do lugar. Ele acompanhou a construção, noite após noite, durante anos, e mesmo assim ficou maravilhado ao entrar pela primeira vez na biblioteca totalmente concluída.

Em uma de suas primeiras visitas, ficou desorientado a ponto de se perder e ser forçado a passar as horas do dia escondido no labirinto literário, protegido do sol pela completa ausência de janelas. E, durante aquele dia, havia encontrado apenas uma única pessoa, o próprio velho Henrique, descendente distante de seu irmão, quase no fim da vida.

Mas agora a biblioteca lhe era tão familiar que sentia como se um mapa tridimensional existisse em sua mente, e, embora não tivesse lido todos os milhares de livros lá escondidos, conhecia todos. Sabia onde achá-los e o que procurar neles.

— Siga-me — disse, mas parou de novo quase que imediatamente. Suas narinas dilataram, detectando algum odor, e, ao mesmo tempo,

SANGUE

ele entendeu o que deveria ter notado antes, que as luzes já estavam acesas quando eles entraram.

— O que foi?

— Há mais alguém aqui.

— Você está falando de um demônio ou...

Will balançou a cabeça, negando:

— Humano.

Seria mais fácil lidar com um demônio agora que estava cada vez mais acostumado com eles.

— Mas já é bem tarde. Por que alguém estaria aqui agora?

Will estava pensando exatamente a mesma coisa. Quem, além dele, poderia estar na biblioteca numa hora daquelas, quando a catedral já estava fechada? E, mais importante, o que estaria fazendo ali? Will não parava de pensar que o intruso, em plena calada da noite, poderia estar procurando pelo mesmo que eles.

20

Atravessaram a ponte de madeira e desceram a escada, passando rapidamente por uma série de saletas e por outra ponte até Will parar. Agora dava para ouvir alguém dentro de uma das salas, folheando um livro e falando sozinho. Estava tão absorto que certamente não ouviu os dois se aproximando.

A sala escolhida pelo visitante noturno deixava Will ainda mais intrigado por ser a sala em que o *Domesday Book* comissionado por Henrique ficava guardado; lá estavam contidos todos os registros das paróquias localizadas nas terras do Conde. Will já suspeitava que era bem provável que não fossem os únicos a procurar o covil de Asmund.

Era um alívio perceber que aquilo não parecia ter nada a ver com Chris e Rachel. Mesmo não confiando neles tanto quanto Eloise gostaria, eles haviam apenas acabado de saber da igreja do campanário perdido. Então seria o feiticeiro, Wyndham? Ele era a única pessoa que Will imaginava estar interessado nessa procura.

Will virou-se e fez um gesto indicando que Eloise ficasse atrás dele; depois, seguiu em frente e entrou no cômodo. Um homem estava sentado à mesa no centro da pequena sala hexagonal, e, apesar de estar praticamente de costas, Will percebeu na hora que ele lia o enorme *Domesday Book*. Será que era o feiticeiro? Será que aquele homem era Wyndham?

Como se tivesse detectado a presença deles, o homem se virou subitamente e pulou de medo para o outro lado da mesa. Will ficou

160

SANGUE

chocado, não pela aparência geral do homem — alto, loiro, comum —, mas pelo fato de ser um vigário.

O vigário apontou o dedo para eles, dizendo:

— Vocês quase me matam de susto. O que estão fazendo aqui?

Qualquer outra pessoa teria ficado desconcertada, achando normal que um vigário estivesse na biblioteca da catedral mesmo numa hora daquelas. Mas ele estava se esforçando para evitar o olhar de Will, o que sugeria que sabia exatamente quem Will era, e que já tinha sido instruído sobre como evitar ser hipnotizado.

Will estava pronto para responder, mas Eloise se antecipou e disse, incrédula:

— Reverendo Fairburn?

Will olhou para ela e perguntou:

— Você o conhece?

— É o capelão do meu colégio.

Fairburn apontou o dedo para Eloise.

— Então você já sabe que está encrencada, mocinha. Você não tem permissão para entrar aqui.

— Deixe que eu decida isso — interveio Will. Ele olhou diretamente para Fairburn, embora o vigário ainda se negasse a olhar em seus olhos, e falou bem devagar, determinado a fazê-lo confirmar sua suspeita. — Você sabe muito bem que esta biblioteca e esta igreja são tão minhas quanto de qualquer pessoa. E eu sei muito bem o que é que você procura nesse livro: o covil daquele que me infectou.

— Não, não, eu...

— O mais importante para mim é saber quem mandou você aqui. A quem você serve?

— Você está enganado. Não sirvo a ninguém e não sei...

— Wyndham contou o que posso fazer com você se mentir para mim?

— Ele não disse nada. Ele...

Fairburn parou de falar, percebendo que tinha caído na armadilha de Will. Sem dizer uma palavra, saiu correndo em direção a uma das portas e pegou outro lance de escadas.

Will correu atrás dele. Eloise correu atrás de Will. Os passos dos três ecoavam pelos complexos espaços da biblioteca. Em seguida, tudo ficou em silêncio, e Will e Eloise pararam. Só o cheiro de Fairburn dizia a Will que ele ainda estava lá.

Will continuou andando devagar e sem fazer muito barulho. Fairburn entrou em pânico e voltou a correr. Will chegou a uma ponte pequena e viu o capelão correndo por uma escada aberta à direita. Ele poderia ter pulado de onde estava, mas não queria deixar Eloise sozinha. De qualquer forma, ele conhecia muito bem a biblioteca, e correu para o outro lado da ponte, subindo mais um lance de escadas.

Fairburn, por outro lado, certamente não conhecia a complexidade da biblioteca tão bem quanto imaginava, pois, um minuto depois, ficou sem saída numa sacada pequena que confundira com uma ponte. Na mesma hora em que percebeu o erro, Will e Eloise irromperam na saleta atrás dele.

Fairburn os ouviu e se virou, apoiando as costas no corrimão de madeira. Will diminuiu o passo também, aproximando-se com cuidado.

— Não quero machucá-lo. Só quero que me fale a respeito de Wyndham.

O capelão disse, balançando a cabeça:

— Não acredito em você. E, se acreditasse, não faria diferença alguma. Não, não faria mesmo. Só me resta uma única coisa a fazer.

Pela primeira vez, ergueu o olhar e encarou Will, sorrindo como se estivesse aliviado. Depois, com a mesma elegância de alguém que executa um difícil salto na plataforma de mergulho, inclinou-se sobre o corrimão.

SANGUE

Eloise soltou um grito abafado quando o corpo de Fairburn caiu silenciosamente por entre as sombras. Ela correu para a sacada, mas chegou lá bem na hora em que Fairburn atingia o chão de pedra lá embaixo, produzindo um baque surdo. Will foi atrás dela e viu o contorno do corpo sem vida do vigário no escuro.

Ela ficou olhando para o corpo por um tempo, sem conseguir entender o que via, e depois disse:

— Devemos ver se ele ainda está vivo.

— Não está — disse Will.

Ela já sabia disso e então indagou:

— Por que alguém faria isso? Por que ele escolheria morrer a contar algo sobre Wyndham a você? — Antes que Will pudesse dizer uma única palavra, ela mesma respondeu. — Deve ser porque ele é um feiticeiro. Se ele consegue invocar os mortos, quem sabe do que mais ele é capaz?

Eloise estava certa, mas Will ponderou:

— Por outro lado, obviamente ele não sabe mais do que nós sobre a localização de Asmund. Pelo menos por enquanto, o que é mais um motivo para nos apressarmos. Primeiro, precisamos estudar o mapa, e depois o *Domesday Book* que Fairburn estava lendo.

Ao ouvir o nome do capelão, Eloise não se conteve e olhou para as sombras, dizendo com tristeza:

— Ele era meio chato, mas era inofensivo. É difícil acreditar que há um minuto estávamos falando com ele, e agora ele está morto. — Deu de ombros e acrescentou: — Acho que você não entende isso muito bem, depois de ter visto tantas mortes.

— Entendo, sim, mas não sinto pena de pessoas como Fairburn. — Sentiu um brilho de oposição nos olhos dela e acrescentou: — Eloise, fiquei inconsolável há setecentos anos, quando entendi que meu pai estava morto, e também meu irmão, minha madrasta e tantos outros. E é por isso que não tenho pena de pessoas como Fairburn.

Esgotei minha cota de tristeza. Quase todos que amei morreram há muito tempo.

— Quase?

Ela entendeu o motivo de ele ter usado essa palavra, apesar de nem mesmo ele ter consciência disso.

— Quase — repetiu.

Ela sorriu com tristeza para Will, tomou uma das suas mãos e a beijou. Seus lábios eram macios e quentes em contato com os dedos dele.

— Desculpe — disse Eloise, como que temendo que até mesmo aquele sinal de afeto pudesse ser demais para ele.

Will também sorriu. Tomou a mão dela em resposta e pressionou-a contra seus próprios lábios, sem deixá-la ver a dor interna que aquele simples gesto de intimidade lhe causava.

— Eu queria...

Eloise hesitou, mas ele entendeu o desejo dela e disse:

— Eu também.

Ela concordou com a cabeça e depois afastou o pensamento, dizendo com entusiasmo:

— Muito bem, vamos estudar os mapas.

Ele foi na frente, passando por pontes, câmaras cheias de livros e escadas helicoidais até chegar numa última ponte que dava na sala de mapas. Não havia livros ali. Eloise olhou ao redor, contemplando as estantes que abrigavam centenas de mapas enrolados.

— Não se preocupe. O nosso está na parede.

Will apontou para o outro lado da sala, mostrando um mapa desenhado em um pergaminho, protegido por vidro, que ocupava a maior parte de uma das paredes. Ela ficou parada em frente ao mapa, estudando os desenhos detalhados de vilarejos e colinas, bosques, rios e estradas, e a cidade em si, resplandecente ao centro com os topos das torres da catedral ao alto.

SANGUE

— Aqui fica Warrham Minor — disse Eloise, apontando para o vilarejo à direita do mapa. — É um dos vilarejos abandonados que Rachel encontrou.

Will contemplou a ilustração simples, mas cuidadosamente elaborada, de uma igreja entre um nicho de casas e sentiu-se triste por saber que o belo lugar havia desaparecido há muito tempo do mapa e do terreno em que se manteve estabelecido por séculos, fazendo com que os esforços de seus habitantes resultassem em nada.

— Então ela ainda prosperava no século XVI, talvez recente demais para o vilarejo que estamos procurando.

— Sim, e, de qualquer forma, Rachel disse que é uma atração turística.

Ele concordou com a cabeça e voltou a contemplar o mapa.

— O que exatamente estamos procurando?

— Estamos procurando por espaços vazios que um dia possam ter sido vilarejos ou igrejas isoladas.

Eloise ouviu sua resposta em silêncio, apenas estudando o mapa pouco a pouco. Depois de alguns minutos, indagou:

— E aqui? Veja, há o entroncamento de três estradas. Certamente é o tipo de lugar onde um vilarejo poderia ter existido. — Ele olhou para o ponto indicado, percebendo o quanto aquela tarefa era difícil, quando Eloise respondeu à própria pergunta. — Mas não basta ser apenas um vilarejo perdido. Precisamos de uma igreja.

— Você tem razão — disse Will e, conforme passava os olhos por todo o mapa, não via uma igreja isolada em parte alguma; todas as igrejas faziam parte de algum vilarejo. Ele odiava pensar que a igreja que estavam procurando pudesse estar além dos limites do mapa, pois, se estivesse, o perigo de ir até lá seria ainda maior.

Mas, então, seus olhos se focaram na Abadia de Marland, cujo desenho só mostrava a construção principal, sem as demais construções anexas nem o claustro que a circundava. Um dos monges, talvez tentando fazer uma piada sarcástica, havia desenhado pequenos anjos da guarda pairando sobre a abadia.

Eloise percebeu como ele estava concentrado e disse:

— É uma pena que tantas coisas tenham se perdido, não é mesmo?

— É mesmo — respondeu Will, sem tirar os olhos da abadia e sem conseguir imaginar qual seria a aparência atual de todo aquele mundo, um mundo que não contemplava à luz do dia há mais de um milênio.

Eloise voltou a estudar o mapa. Quase que na mesma hora, com certo pânico, como se temesse que a imagem pudesse desaparecer do mapa ou de seu campo de visão, disse apressadamente:

— Will, acho que encontrei uma coisa!

Ele desviou o olhar para onde ela estava apontando.

— É um bosque — disse, confuso. — Um bosque grande, é verdade, mas não passa de um bosque.

Ela negou com um gesto e disse, radiante:

— Olhe com atenção. Uma parte do bosque só foi desenhada depois! Essa parte está cobrindo alguma coisa e parece o desenho de uma igreja.

Will percebeu claramente o que ela estava dizendo, como se fosse óbvio à primeira vista. Era como uma daquelas ilusões de ótica sobre as quais Eloise falara. Parecia haver uma igreja numa colina, mas, na tentativa de escondê-la, alguém desenhou árvores por cima dela, incorporando-a ao bosque já existente.

Era até possível ver que outra pessoa pintara as árvores mais recentes, que eram mais detalhadas, mais elaboradas, fazendo o máximo para esconder o que estava debaixo. Ela estava certa. Alguém havia tentado esconder aquela igreja.

SANGUE

— Não deve haver muitas razões para alguém querer fazer uma igreja desaparecer dos registros.

— Só consigo pensar em uma agora — disse ela, aproximando-se ainda mais do vidro, e Will estava prestes a perguntar se ela queria que ele o abrisse quando Eloise acrescentou: — O nome está escrito por baixo. Não consigo decifrar, mas começa com P. Depois, acho que vem um U...

— Puckhurst!

— Sim, pode ser Puckhurst.

Eloise se afastou, mas Will já estava examinando os nomes que apareciam no restante do mapa, certificando-se de que o nome de Puckhurst não estava escrito em alguma outra parte do mapa.

— Você conhece o lugar?

— Nunca fui lá, mas sei que era um vilarejo próspero na nossa época. Uma parte considerável dos ganhos do meu pai vinha de lá. Mas é evidente que na época de Henrique só havia sobrado a igreja. Precisamos ver se ela consta no *Domesday Book* de Henrique.

— Pode ir na frente. — Will se dirigiu à porta, mas se lembrou de algo mais, algo ainda mais óbvio. — Há algo errado? — perguntou Eloise.

— O que é "puck" em inglês?

— É o disco de hóquei no gelo.

— Como?

— Não, não. Acho que não é isso que você quer dizer. — Eloise pensou um pouco e disse: — Tem o Puck, personagem de *Sonho de uma noite de verão*. Acho que é uma espécie de elfo ou duende dos bosques.

— Essa é a razão pela qual Shakespeare decidiu chamá-lo de Puck. "Puck", em inglês, como você disse, significa elfo travesso, ou duende, ou...

— Um espectro — disse Eloise, vendo que as peças do quebra-cabeça começavam a se encaixar. — Asmund espera com os espectros. Puckhurst!*

Will concordou com a cabeça, mas disse:

— Mesmo assim quero examinar o livro. Quero saber o que aconteceu por lá.

— E o que aconteceu com o campanário.

— Sim. Quanto mais soubermos, mais preparados estaremos.

Voltaram à saleta em que estava o *Domesday Book* de Henrique e várias centenas de outros manuscritos interessantes. A primeira providência de Will foi conferir a página que Fairburn lia e viu que se tratava de Warrham Minor. Portanto, Wyndham estava na pista certa, apesar de ainda não ter voltado sua atenção para Puckhurst.

O livro em si era uma bela criação, com cores vibrantes e ilustrações que pareciam ser de outros tempos, mesmo na época de Henrique. Era evidente que o objetivo dele tinha sido produzir algo que parecesse antigo e que contasse a rica história de sua família.

Por mais belo que fosse, Will virava as páginas avidamente até encontrar a pequena seção sobre Puckhurst. Felizmente, a pessoa que tentara retirar o lugar do mapa não chegou a modificar o livro.

Will começou a ler, e Eloise disse:

— Então, você sabe *mesmo* latim. Você disse a Rachel e Chris que não sabia.

— Isso foi antes de saberem minha verdadeira identidade.

— É verdade. E o que diz aí?

— Reconta a tragédia de Puckhurst. Um campanário seria anexado à igreja, mas foi atingido por um raio e destruído no meio da construção. Um mês depois, a Peste Negra acometeu o vilarejo

---

* *Hurst*, em inglês, significa floresta ou bosque. Puckhurst, portanto, pode ser entendido como "bosque dos espectros". (N. T.)

SANGUE

e o campanário foi abandonado. A população foi bem reduzida. Mas a parte interessante é que em 1353, quando o restante do território estava livre da epidemia, somente Puckhurst foi acometido por mais uma praga, que durou vários anos até a população remanescente fugir para a cidade, deixando o vilarejo nas mãos de Deus.

— Ele está lá. — Will concordou com a cabeça, e Eloise pensou um pouco novamente antes de perguntar: — Está com medo, Will? Ou melhor, você sente medo?

— Acho que não. Estou apreensivo, mas me sinto assim há setecentos e cinquenta anos. E temo a mim mesmo. Temo não conseguir fazer justiça ao meu nome e ao meu título.

— Sim, isso também me tira o sono à noite. — Eloise esperou ele sorrir, então deu uma gargalhada e continuou a falar: — Não estou nada assustada. Acredito completamente que tudo vai dar certo no fim.

Will acenou a cabeça novamente, tentando demonstrar que concordava com ela, mas seu pensamento estava nas pobres pessoas de Puckhurst que, sem que ninguém soubesse, sangraram até serem extintas por causa de um maligno senhor feudal, Asmund. E ele também esperava que Eloise não percebesse que ele *estava* assustado, não por ele, mas por ela.

21

No verão de 1256, uma maldição pareceu ter caído sobre a cidade e as terras que a circundavam. Primeiro surgiram rumores sobre um vilarejo ao norte, onde uma criança e um homem haviam morrido após um estranho distúrbio do sono.

Ao longo dos últimos meses do verão, surgiram outros relatos sobre pessoas saudáveis que morreram de forma semelhante. Algumas apresentavam mordidas, pelo menos eram esses os rumores, tendo o sangue drenado de seus corpos.

Outros fatos estranhos ocorreram naqueles meses. Rebanhos de ovelhas e gado foram encontrados mutilados, quase sempre sem as cabeças; igrejas foram profanadas; e os mortos, removidos de seus túmulos.

Suspeitava-se de bruxaria e, com o decorrer das semanas e com as acusações passando de vilarejo em vilarejo até chegarem à cidade, sete mulheres desafortunadas foram levadas a julgamento. Mesmo procedendo de localidades diferentes, foram acusadas de fazerem parte de uma mesma seita, julgadas culpadas e sentenciadas à morte.

Há muito tempo eu acredito que meu pai sabia, como agora também sei, que aquelas pobres mulheres eram inocentes, mas ele era um homem sensato e não posso condená-lo pelo que fez. O pânico rondava todo o território, e as pessoas, conscientemente ou não, exigiam dele um sacrifício de sangue.

A morte das bruxas deixou o povo satisfeito, e, com o desenrolar dos eventos, os atos diabólicos ocorridos durante os meses de colheita

SANGUE

terminaram de forma abrupta com a fogueira. O Senhor deles havia os libertado.

A morte das bruxas na fogueira aconteceu no final da tarde do segundo dia de outubro. Como o tempo estava bom, e a animação contagiava o povo, pessoas de vilarejos vizinhos vieram para a cidade para acompanhar o espetáculo.

A pira foi construída sobre um pequeno monte próximo ao Portão Oeste, assegurando que os ventos do leste impedissem que as chamas descarregassem a vingança das bruxas sobre as construções da cidade.

As sete mulheres foram amarradas em estacas no centro da fogueira e ali permaneceram durante uma hora, enquanto as pessoas chegavam. Posso imaginar os abusos e insultos que sofreram durante o tempo que ali passaram.

Certamente pareciam prontas para encarar seu destino quando chegamos ao fim do dia. As chamas foram acesas, e uma das mulheres proferiu um discurso confuso para a multidão que bradava, mas as outras ficaram em silêncio até mesmo quando o fogo as atingiu.

A mulher que protestava conjurou uma última maldição, dizendo que seus descendentes tomariam aquele Condado para si. Em seguida, ela também ficou em silêncio, e agora me pergunto se a fumaça as matou antes mesmo de o fogo começar a queimar seus corpos. Espero que sim, pois não há pior forma de morrer.

Não me lembro do que pensei sobre elas naquele dia. Achei estranho não haver cheiro exalando do fogo, talvez por estar contra o vento. Mas, fora isso, acho que fracassei em compreender totalmente que o grandioso espetáculo era responsável pela morte de sete mulheres inocentes.

O fogo ardeu com vigor, produzindo cinzas luminosas pelo céu noturno e enviando-as para a escuridão do oeste. As chamas crepitavam e dominavam a terra com sua incandescência laranja, iluminando a multidão com uma luz fantasmagórica.

Caminhei pela multidão, disso eu me lembro, mas não me recordo de mais nada. Em algum momento, fui mordido e, em outro, meu corpo foi encontrado, e não tenho dúvida de que as bruxas foram consideradas culpadas por mais esse último ato maligno.

Mas os atos atribuídos àquelas mulheres com certeza foram cometidos pelo mesmo homem que me mordeu, Asmund. E, embora eu não tenha escolhido ser mordido, assim como elas não escolheram ser queimadas, não consigo deixar de me sentir de alguma forma responsável por suas mortes. Apenas rogo para que tenha havido alguma razão para tudo o que houve, para que exista um propósito para o que foi feito a mim e para que aquelas mulheres não tenham morrido em vão.

Talvez o próprio Asmund não tivesse outra escolha. Hoje, suponho que ele estava a serviço de Lorcan Labraid, cumprindo o papel que as Moiras* haviam planejado para mim. Minha necessidade de vingança pode até parecer hipócrita, levando-se em consideração as muitas vidas que tirei ao longo dos séculos.

Mesmo assim, além das respostas, a vingança é tudo que mais quero de Asmund. Desejo-a por mim mesmo, pelas mulheres que foram cruelmente condenadas pelo mal que ele causou, e pela honra e pelo nome da minha família. Acima de tudo, desejo-a porque sou o último dos Condes de Mércia, o único que restou para poder corrigir todos os erros daquele amaldiçoado outono de muito tempo atrás.

---

* Na mitologia grega, as Moiras (*the Fates*, em inglês) eram as três mulheres que controlavam o destino e teciam o fio da vida de todos os mortais, cortando-o quando bem entendiam. (N. T.)

22

Will e Eloise olharam ao mesmo tempo para o teto da sala de estar de Chris e Rachel quando uma forte rajada de vento pôs em teste a construção toda, reverberando por entre as ripas. Estavam sentados um de frente para o outro nos sofás verdes, e, ao abaixarem os olhos novamente, Eloise disse:

— Espero que o gato daquela mulher volte... Quando tudo isso tiver terminado.

Passava um pouco das onze da noite de sábado, e Chris e Rachel estavam se despedindo dos últimos clientes, mas não havia muitos. Quando caminhavam pela cidade, Will e Eloise haviam achado tudo estranhamente deserto para uma noite de fim de semana, e uma das poucas pessoas que encontraram foi uma mulher procurando por seu gato.

— Tenho certeza de que ele voltará, embora ache que vai depender do que *tudo isso* significa.

— A natureza prevê uma catástrofe — comentou ela, repetindo as palavras de Will na noite anterior. Outra rajada de vento fortíssima golpeou a casa, e Eloise olhou para o alto por um breve momento. — Mas você tem razão. Bom seria se soubéssemos que tipo de catástrofe acontecerá.

Ela não entendeu o que ele quis dizer, e Will explicou:

— Você não percebe? A catástrofe sou eu. Minha própria existência é uma afronta a tudo o que é bom e natural.

A resposta de Eloise foi simples e determinada:

— Não acredito nisso.

Contudo, antes que pudessem falar mais, foram interrompidos pelo som de Chris e Rachel se aproximando e conversando despreocupados. Will sentiu o braço doer e queimar, o teimoso retorno daquele mau pressentimento sempre que eles estavam por perto. Ele admitiu, no entanto, que eles pareciam inocentes e felizes. Rachel se sentou perto de Will, e Chris ficou ao lado de Eloise.

Imediatamente, Chris olhou para Will e anunciou:

— Temos boas notícias. Não posso prometer, mas acho que conseguimos reduzir tudo a três possibilidades, todas a cerca de 50 quilômetros daqui.

— Uma das possibilidades é Puckhurst?

— Sim — disse Chris, intrigado.

— Ótimo, porque esse é o lugar. Viemos aqui para contar isso a vocês.

Rachel se virou para Will, perguntando:

— Mas como você descobriu? Quero dizer, como é que você sabe que o lugar é esse?

— É uma longa história, mas estou totalmente certo de que Asmund está em Puckhurst.

— Neste exato momento?

Will assentiu e disse:

— Eu esperava que vocês estivessem preparados para me levar lá.

— Agora é um bom momento para você? — Will ficou mais confiante ao ouvir a pergunta de Chris. Percebeu que ele não tinha intenção de ganhar tempo nem de fazer preparativos ou avisar outras pessoas. Talvez Eloise estivesse certa o tempo todo.

Mas Will não teve tempo de responder à pergunta dele. Houve uma súbita rajada de vento, como se a ventaria finalmente tivesse conseguido abrir uma janela no andar de cima. O vento foi embora

SANGUE

de repente ao mesmo tempo em que um livro voou violentamente de uma das estantes da parede mais afastada, aterrissando bem diante deles, na mesa de centro, produzindo um baque e se abrindo ao pousar.

Mesmo sentados, Chris e Rachel deram um salto para trás. O pavor que demonstraram indicava que não seriam de grande utilidade diante das provações pelas quais estavam prestes a passar. Eloise também pulou, mas imediatamente se recuperou, indagando:

— Que livro é esse?

Inclinou-se para a frente, mas, quando estendeu a mão, as páginas do volume começaram a pegar fogo, um fogo tão intenso que era difícil acreditar que aquele livro não tivesse sido embebido em algum tipo de combustível.

Will protegeu os olhos da claridade, mas também não conseguiu conter um sorriso. Aquilo devia ser obra dos espíritos femininos tentando preveni-lo, mas isso só o deixava ainda mais determinado a desvendar o segredo de Puckhurst.

Rachel pulou do sofá e saiu da sala, voltando logo depois com um jarro d'água, que jogou sobre o livro em chamas. O fogo foi extinto imediatamente, e Chris, com muito cuidado, removeu as páginas que tinham se transformado em cinzas.

— Bem, eu nunca... — disse ele enquanto exibia as primeiras duas páginas que sobreviveram ao fogo, cada qual com uma ilustração grande e queimada apenas nos cantos.

— É o meu livro de tarô — disse Rachel, olhando para a estante de onde o livro voara e apontando em seguida para as duas figuras exibidas. Cada figura era uma carta de tarô. — Este é O Enforcado, suspenso de cabeça para baixo por um dos pés. E, é claro, A Morte dispensa explicações, embora a carta raramente se refira à morte física em si.

175

Will não estava interessado na morte. O que o intrigava era a figura do enforcado. E talvez a posição das duas figuras fosse significativa.

— Um homem enforcado, mas possivelmente um rei suspenso; e encontrá-lo significa também encontrar a morte. — Ele olhou para os demais e disse: — É um aviso. Os espíritos que fizeram isso não querem que viajemos para Puckhurst.

Rachel falou primeiro:

— Mas você quer partir?

— É claro.

Ela parecia determinada ao dizer:

— Nosso carro está na garagem, lá atrás. Estaremos prontos quando vocês quiserem partir.

— Vocês sabem como chegar lá?

Chris fez que sim com a cabeça, e todos ignoraram que as luzes piscaram enquanto ele perguntava:

— Há alguma coisa de que vocês precisem?

Um ruído abafado de trovão soou ameaçador no céu, e Rachel riu de nervoso.

— Eu ia dizer que um trovão desses é estranho em novembro, mas suponho que não seja mais estranho do que livros que pegam fogo sozinhos.

Eloise riu também, e assegurou:

— Eu estava pensando exatamente a mesma coisa!

Will estava ficando cada vez mais incomodado. Eles pareciam muito descontraídos, como se tudo aquilo não passasse de algum tipo de aventura. Sua verdadeira preocupação era estar expondo os três a um perigo maior do que imaginavam, principalmente Eloise.

— Vocês têm algum tipo de arma? — Os sorrisos desapareceram ao olharem para Will. Ele não conseguia acreditar que não tivessem pensado nos perigos que poderiam ter que enfrentar, mas foi cuidadoso ao dizer: — Claramente há forças que tentarão me impedir de

SANGUE

chegar a Puckhurst. Nem tenho certeza de que o homem que espero encontrar lá virá falar comigo espontaneamente. Asmund não é um espírito efêmero. Ele é tão concreto quanto eu, e talvez mal-intencionado em relação ao mundo. Eu nada tenho a perder, mas vocês deveriam ponderar com cuidado antes de começarmos essa viagem.

Chris sorriu e disse:

— Não podemos falar por Ella, ou melhor, Eloise, mas Rachel e eu estamos vivenciando a situação mais incrível que já nos aconteceu! — afirmou, agitando os braços, apontando para os livros e enfeites espalhados pela casa. — Vocês veem todas essas coisas? Estamos procurando evidências de fantasmas ou de algo sobrenatural há anos... Não vamos deixar passar uma oportunidade como essa! Não mesmo!

Apoiando-o, Rachel disse no intuito de ajudar:

— Temos uma espada samurai. Foi um presente de uma empresa japonesa com a qual negociávamos. Está pendurada na parede do escritório, mas é uma espada de verdade.

— Ótimo! Vocês me emprestam?

Chris se levantou enquanto as luzes piscavam novamente, e Eloise o chamou, perguntando:

— Ei, Chris, você tem uma lanterna?

— Sim, mas também temos um lampião elétrico. Pode ser melhor.

Will se virou e disse:

— Não preciso de um lampião, e acho que devo entrar sozinho na igreja.

Eloise olhou fundo nos olhos dele e disse com intensa determinação:

— Will, odeio fazer isso, mas será que tenho que lembrá-lo que fui eu que o ajudei, mesmo que apenas um pouco, com o seu irmão? Não fui eu que achei Puckhurst no mapa?

— Encontrar lugares e negociar com espíritos é uma coisa, mas temo que haja algo mais maléfico na criatura que esperamos encontrar em Puckhurst do que em qualquer coisa que já tenhamos encontrado.

— Então talvez você precise de mim mais do que nunca. De qualquer forma, acho que tenho o direito de entrar lá com você depois de tudo o que aconteceu.

Will não contestou, percebendo que Eloise estava realmente determinada e que não conseguiria dissuadi-la. Talvez devesse ter mencionado seu verdadeiro temor, de que pedissem a ele que a sacrificasse como os espíritos já tinham sugerido, mas ele não a lembrou desse detalhe, pois sabia que não conseguiria fazê-la mudar de ideia e porque uma parte dele queria que ela estivesse lá.

Chris voltou trazendo a espada samurai em uma das mãos e o lampião na outra. Deu o lampião para Eloise. Will pegou a espada e a desembainhou para examinar a lâmina. Era leve, mas muito afiada.

— Vamos torcer para não precisar usá-la.

As luzes piscaram novamente quando se levantaram para partir, e, quando foram para o pequeno quintal nos fundos da casa, o vento soprava com muita força e as nuvens avançavam ameaçadoras pelo céu escuro.

Ouviram o ruído de algo caindo e se quebrando não muito distante deles. Talvez fosse uma telha. As construções da redondeza rangiam e chiavam. E, além dos limites da cidade, o céu se iluminava com os relâmpagos, que também clareavam as montanhas de nuvens negras que se aproximavam.

Todos entraram na Range Rover de Chris e Rachel e partiram na direção do Portão Oeste. Will e Eloise ocupavam o banco de trás. Ela olhou para ele, perguntando:

— Você já havia entrado num carro antes?

SANGUE

— Na década de 1980, várias vezes. Queria saber como era, e então costumava passear em táxis. Isso me relaxava.

— Duvido que relaxasse o motorista — comentou Chris.

Will sorriu, e Rachel disse:

— É espantoso pensar em você passeando pela cidade no banco de trás de um táxi quando éramos estudantes. Parece que foi há tanto tempo. Embora eu imagine que você não tenha essa sensação.

— Às vezes tudo parece ter sido há muito tempo.

A princípio, ninguém respondeu, e então Rachel começou a falar alguma coisa, mas parou quando as luzes da cidade se apagaram. As ruas ficaram totalmente no escuro. E, um segundo depois, o estrondo de um trovão atravessou os céus como que rachando-o ao meio.

— Deve ter sido um relâmpago que causou o apagão — disse Chris, mas ninguém acreditava que fosse por um motivo comum.

O grupo atravessou o Portão Oeste, passando pelos bairros mais afastados, todos imersos na mais absoluta escuridão. Quanto mais se afastavam da cidade, mais violento o vento ficava, chicoteando o carro. Uma forte chuva castigava o para-brisa.

Qualquer pessoa que estivesse passeando com o carro teria desistido e voltado para casa. Will achava que a intenção daquela condição meteorológica era exatamente essa: fazê-los retornar. Mas Chris diminuiu a marcha e se inclinou para tentar enxergar melhor a estrada à frente. Os faróis dianteiros do seu carro eram os únicos pontos de luz.

Pegaram estradas menores, de mão única, delimitadas por cercas vivas. O vento quebrava os galhos secos do inverno e os espalhava na frente do carro. Eles se embolavam com as rodas e eram esparramados pela estrada, fazendo barulho.

As trovoadas pareciam distanciar-se por um momento, mas então caiu um raio bem na frente deles, incendiando os galhos secos de uma árvore, que caíram no meio da estrada. No entanto, Chris não parou. Na verdade, até acelerou um pouco para dispersar as chamas.

Fizeram uma curva e, quando os faróis dianteiros iluminaram a via castigada pela chuva, Chris freou, olhando para a frente apavorado. Will foi para o meio do banco traseiro para poder ver melhor.

Uma pessoa caminhava pela estrada, andando lentamente, de costas para eles. Era uma mulher que vestia uma túnica escura com capuz.

— Não gosto disso — disse Chris.

— Nem eu — acrescentou Rachel.

Olharam para Will, que ouviu Eloise perguntar, tentando disfarçar o nervosismo:

— O que devemos fazer, Will? Você acha que ela é um dos espíritos que vimos?

Ele observava a tal mulher, que parara de andar logo que o carro parou. Ninguém iria sair a pé numa noite como aquela. Ninguém iria ignorar um carro vindo atrás. Somente um espírito que estivesse determinado a atrapalhar a viagem deles. No entanto, Will entendia a dúvida de Eloise. Afinal, a mulher parecia ser real, ainda mais do que a que aparecera na câmara de Will.

— Passe o carro por cima dela. É um espírito.

Rachel olhou e perguntou, hesitante:

— Tem certeza? Ela me parece bem real.

Will olhou para Chris e disse:

— Confie em mim. Pode atropelá-la.

Chris concordou com a cabeça e religou o motor, acelerando A chuva ainda não permitia que vissem a mulher nitidamente, mas, quanto mais se aproximavam, mais real ela parecia. Não parecia um espírito: parecia uma mulher de verdade.

Rachel gritou:

— Pare, Chris!

SANGUE

— Vá em frente — ordenou Will, sem hesitação.

— Chris, não! Você vai matá-la!

Chris ignorou Rachel, parecendo muito determinado. E agora eles estavam a segundos de atropelar a mulher.

— Will? — Era Eloise, querendo alguma garantia.

Rachel cobriu os olhos e gritou de novo:

— Chris!

E, no último segundo, a mulher começou a se virar para encará-los. Chris freou bruscamente, mas era tarde demais. O carro pegou a mulher em cheio. Mas não houve qualquer barulho de pancada. Eles passaram por ela, ou ela passou por eles. A energia do impacto chacoalhou o carro, e ouviram um terrível grito de uma mulher, um som rascante, que estourou seus tímpanos.

Chris tirou o pé do freio antes mesmo que o carro parasse, e então acelerou novamente; os nós dos dedos ficaram brancos nas áreas que apertavam o volante. Will e Eloise olharam para trás, mas não havia nada lá, e o eco do grito desaparecia lentamente.

Will esperava que aquele fosse o momento em que desistiriam de ir adiante, mas Chris deixou escapar um grito de euforia, que Rachel imitou e depois se virou, dizendo, com os olhos arregalados:

— Dá para acreditar? Nunca achei que faria algo mais radical do que bungee jumping, mas isso...

Will olhou para Eloise. Ela parecia estar mais calma e, adivinhando que ele precisava de uma explicação, disse sorrindo:

— É um esporte em que você amarra uma enorme tira elástica nos tornozelos e pula de uma ponte muito alta.

— Ah...

Ele estava confuso demais com a reação dos amigos para perguntar o motivo pelo qual uma pessoa se aventuraria em um esporte como aquele. Sabia que todos ficaram apavorados, mas aparentemente tinham digerido tudo o que acabara de acontecer, como se aquilo, também, fosse uma simples brincadeira para eles.

Dirigiram por mais dez minutos antes que um relâmpago voltasse a clarear o céu, iluminando rapidamente uma igreja numa pequena colina e depois a devolvendo para a escuridão.

— É ali — disse Rachel. — O retorno deve estar um pouco mais à frente, à esquerda.

Chris reduziu ainda mais a velocidade e entrou numa trilha estreita que levava a um bosque cujas árvores secas dançavam de forma violenta ao som da tempestade. Parou o carro e desligou o motor.

Se estavam com medo devido ao encontro com o espírito, disfarçaram bem. Chris se mostrou todo animado ao dizer:

— Daqui para frente vamos a pé. Mas não devemos estar muito longe.

Will se voltou para Eloise e sugeriu:

— Vou pedir pela última vez: é melhor que eu vá sozinho. Vocês devem ficar no carro.

Mas foi Rachel quem respondeu:

— Will, não acho que seja uma boa ideia deixar Eloise sozinha no carro, porque nós vamos com você.

Will riu e agradeceu, dizendo:

— Aprecio o apoio de todos, até mesmo a sua inconsequência, mas este é o meu destino e não o de vocês.

— Você não tem certeza disso — rebateu Chris. — Sabe que todos nós queremos ir àquela igreja, e particularmente nem imagino como possa nos impedir. Mas como você sabe que esse não é o nosso destino também? Essa é a sua opinião. Como pode saber que nosso destino não era filmá-lo, e que você não estava destinado a conhecer justamente Eloise para que, juntos, viéssemos até essa igreja?

Will não disse nada, e Rachel afirmou, decidida:

— Há uma lanterna extra lá atrás. Ficamos com a lanterna, e, Eloise, você leva o lampião.

SANGUE

— Muito bem — disse Will, admitindo que não havia como impedi-los; pelo menos não por meio de métodos que ele quisesse usar. — Mas, por favor, não apontem as luzes na direção dos meus olhos. E que Deus os proteja.

— A todos *nós* — consertou Eloise.

Will sorriu, balançando a cabeça.

— Se há um Deus, Ele me abandonou há muito tempo.

Saíram do carro. Rachel apontou para a direção que deveriam subir pela mata, indicando o local no céu escuro ocupado pela igreja. Começaram a caminhar. Logo que entraram na floresta, o vento e a chuva pioraram, balançando os galhos das árvores, que batiam em seus rostos.

Will também sentia os golpes conforme abria caminho para subir a colina, mas os demais tinham dificuldades para conseguir caminhar. Ele pegou na mão de Eloise para ajudá-la a prosseguir.

Era uma verdadeira batalha, pois tinham que lutar contra o vento e contra a chuva a cada passo. Will sabia que o chão em que agora pisavam tinha abrigado casas e estradas no passado, e que uma comunidade havia prosperado naquele local abandonado até a peste atacar seus moradores.

Havia, agora, um único morador, o próprio Asmund. Mas Will conseguia sentir os mortos ali. Eles estavam no solo, no ar e nas pedras da construção à frente. Dava até para ouvi-los, e pensou, a princípio, que só ele os escutasse. Depois, no entanto, ouviu Chris gritando algo.

— Ai, meu Deus, o que está acontecendo?

Will e Eloise se viraram para olhar Chris e Rachel. O casal havia parado de caminhar e observava a agitação da relva na frente deles. Um novo relâmpago iluminou a pequena colina, deixando-a visível a todos. A terra estava se mexendo e os ossos dos mortos subiam à superfície como se estivessem abrindo caminho com as mãos; logo depois eram engolidos pela terra, e seus choros e lamentos ressoavam ao vento.

— Continuem andando! — gritou Will. — Não olhem para isso!

Não esperou por eles e puxou Eloise pela mão novamente, dando continuidade à caminhada, ensurdecido pelo som do vento, dos trovões, do temporal e dos gritos dos mortos. E, quando finalmente chegaram à calmaria relativa do pórtico da igreja, ficou aliviado em ver que Rachel e Chris estavam próximos.

Os quatro tinham um visual péssimo, encharcados e sujos por causa da chuva, mas Will não tinha tempo para se preocupar com as aparências. Asmund, sem dúvida, sabia que estavam chegando.

Will segurou a pesada maçaneta da porta e perguntou:

— Estamos prontos?

Todos concordaram, e ele entrou no corredor central da igreja. Só percebeu que o braço não doía mais quando deu alguns passos à frente. O desconforto do ferimento tinha desaparecido em algum momento entre o carro e a entrada da igreja. Não havia mais necessidade de presságios: havia esperado mais do que 750 anos por aquele momento, e agora o encontro tão esperado finalmente estava próximo.

23

Como já se esperava de uma igreja abandonada por mais de seiscentos anos, ela estava vazia; entretanto, sua condição de monumento antigo permitiu que estivesse bem preservada. Também era evidente que um dia atendera um próspero vilarejo.

Havia corredores largos em ambos os lados do corredor central; e, como o presbitério agora se diferenciava apenas por um pequeno degrau, o interior da igreja parecia cavernoso. Aparentemente, parecia não haver esconderijos, mas Will sabia que poderia ter muitos.

Eloise, Rachel e Chris se direcionaram para o local em que um dia esteve o altar, ao final do presbitério. As luzes que carregavam iluminavam de forma desordenada os pilares e os vitrais das janelas. Will seguiu em outra direção e passou pelo arco que levava à torre.

— Will, espere. — Eloise voltou para se juntar a ele. Ele pensou que Chris e Rachel também voltariam, mas eles continuavam caminhando com sua lanterna em direção ao que ele achava ser a sacristia.

— Fique atrás de mim — disse Will. Ele já tinha visto dois lances de escada, um que dava para a torre, e outro que descia para a cripta. Acima deles, ouviram o estrondo dos trovões.

Will começou a descer para a cripta. Ficou tentado a desembainhar a espada samurai, já sabendo que não tinha o elemento da surpresa a seu favor, mas resistiu — mesmo que Asmund já soubesse que ele estava lá, poderia não saber que sua verdadeira intenção era a de lhe fazer mal. Afinal, se as profecias estivessem corretas, Asmund provavelmente se considerava apenas o guia que levaria Will ao próximo estágio de sua jornada — presumindo que Asmund *soubesse* do seu papel nas profecias.

Os degraus formavam espiral e finalmente culminavam numa câmara pequena e vazia. Will se posicionou no centro da sala, e, embora Eloise tentasse afastar a luz do lampião do seu rosto, o espaço era tão pequeno que ele precisou cobrir os olhos.

— Desculpe — disse ela.

— A culpa não é sua. — Após pensar um pouco, ele disse: — Seria melhor colocar o lampião no chão.

Ela colocou a luz junto aos pés e ele caminhou pelos cantos da pequena cripta, passando as mãos pelas paredes e observando o chão, procurando por sinais de uma passagem escondida que levasse a outra câmara. Mas não havia nada, apenas aquele pequeno espaço quadrado, menor do que dez passos de comprimento. E, se a cripta não era o covil de Asmund... Certamente deveria haver um esconderijo em outro local!

Will sentiu os nervos à flor da pele quando percebeu que havia cometido um erro terrível ao permitir que todos viessem, ao deixar Chris e Rachel sozinhos na igreja, ao não ter enfatizado os perigos que poderiam correr.

Assim que a realidade estarrecedora se cristalizou em sua mente, ele disse:

— Há outra cripta!

Ele nem esperou por Eloise; subiu correndo a escada helicoidal e apenas percebeu que ela o seguia ao ver o feixe de luz do lampião iluminando seus passos. Talvez ela tivesse entrado em pânico ao ser deixada sozinha na cripta, mas lá não havia perigo, e ele sabia disso.

Will voltou para o corredor central e viu Rachel e Chris parados no degrau do presbitério, de frente para ele. Caminhou em sua direção, parando subitamente, pronto para desembainhar a espada samurai ao perceber que tinham sido hipnotizados.

SANGUE

Por um lado, estava curioso, pois ele só era capaz de manter pessoas hipnotizadas enquanto estivesse presente. Não havia qualquer sinal da presença de outro ser na igreja e, mesmo assim, Rachel e Chris pareciam perdidos em transe profundo. Mantinham os olhos fixos no corredor à sua frente, como se ainda estivessem vendo a pessoa que os hipnotizara.

— Você procura por mim, William de Mércia? — A voz era poderosa e profunda, com um leve sotaque.

Asmund estava atrás dele. E Eloise também. O lampião dela caiu no chão e saiu rolando, emitindo feixes espirais de luz antes de parar por completo.

Will se virou, percebendo tarde demais que Asmund havia se escondido na torre — não acreditava que tinha sido tão descuidado. Primeiro viu Eloise com uma expressão de quem está pedindo desculpas, como se tudo fosse culpa dela e não dele. Depois viu o homem exatamente atrás dela, apoiando as mãos com firmeza sobre os seus ombros.

Ele aparentava ter menos de 30 anos, tinha cabelos claros, penteados para trás e a barba aparada. Vestia-se no estilo de um guerreiro nórdico, embora suas roupas parecessem ser de vítimas mais recentes.

Para piorar, era alto e forte. Eloise era tão alta quanto Will, mas o topo de sua cabeça mal alcançava o peito de seu captor e ele parecia ter ombros duas vezes mais largos.

— Você não se lembra de mim — disse o homem, e Will percebeu que seus caninos eram alongados. — Meu nome é Asmund e também já fui conde em outra vida.

O rosto não lhe era nem um pouco familiar, e Will achou difícil imaginar alguém como ele andando despercebido entre os espectadores na noite da fogueira naquela época distante. Mas é claro que ele esteve lá, pois Will podia sentir que aquele homem era a pessoa que procurava. Restava apenas uma pergunta vital.

— Por que você fez isso comigo?

Asmund ficou confuso, até mesmo ofendido, e perguntou:

— Você não gostou? Dei a você a imortalidade.

—Você me deu uma eterna sobrevida.

— Sobrevida? — repetiu indignado. — Não preparei seus aposentos nos mínimos detalhes? Não deixei uma cidade inteira à sua disposição? E, durante os séculos de sua *sobrevida*, fiquei aqui esperando por este dia, sobrevivendo de desafortunados que apareciam de vez em quando. Pense em todos os seus anos de atividade, Will Longas Pernas, e pense que, durante todo esse tempo, eu estive aqui, aguardando sua chegada, sem distrações, sem nada!

Com a voz calma, Will perguntou:

— Por que você me escolheu?

— Escolhi você? — Asmund estava perplexo, mas de um modo agitado e cruel. — Eu não escolhi você. Fui enviado a você. Você foi escolhido muito antes de nascer. Apenas obedeci às ordens do meu mestre ao mordê-lo, dando-lhe o que já era seu por direito, e também ao esperar por mais de setecentos anos para ajudá-lo a seguir seu destino. Não o meu, o seu. Portanto... — Ele levantou uma de suas mãos enormes e a passou pelo cabelo de Eloise, como se estivesse acariciando um cachorrinho. — Será que você pode ao menos ficar um pouco agradecido?

— Deixe-a ir — disse Will de forma autoritária, mas calma.

— Não, ela pode ficar aqui mais um pouco. — O tom de voz era sarcástico e ameaçador. — Gosto do cheiro dela.

Mudando de estratégia, e tentando desviar sua atenção de Eloise, Will disse:

— Se você tivesse ao menos me alertado da minha condição, eu não o teria feito esperar por tanto tempo.

SANGUE

Asmund deu de ombros.

— A decisão não foi minha. Além disso, sou apenas trezentos anos mais velho do que você. O que o faz acreditar que eu tenha mais conhecimento? Sei apenas o que o meu mestre me ensina e algumas coisas que aprendi sozinho.

— Então, quem é o seu mestre? Lorcan Labraid? Ou Wyndham?

Asmund soltou uma longa e ameaçadora gargalhada, e, pela primeira vez, Eloise pareceu assustada. Talvez estivesse com medo desde o início, o que Will não duvidava, mas agora ela não conseguia mais esconder.

— Pelo que vejo, você fez a lição de casa. O nome Wyndham não significa nada para mim. Eu sirvo ao meu mestre e o meu mestre serve a Lorcan Labraid, assim como todos nós, mas nunca o conheci.

— Mas você sabe quem ele é?

Asmund olhou para Eloise e sorriu de uma forma que deixou Will preocupado, depois levantou o olhar novamente e disse:

— Antes do seu povo, antes do meu, tudo isto aqui pertenceu a Lorcan Labraid, um grande rei, um dos quatro, e o único que vive até hoje.

— Ele é o rei suspenso?

Demonstrando indiferença, Asmund respondeu:

— Ouvi algo a respeito, mas isso não interessa. O que interessa, William de Mércia, é que ele o chama; através de mim, através de outros, ele chama por você.

— Por quê?

— Isso não cabe a mim. Tudo que tenho permissão de saber, tudo que governa minha existência, é que ele quer você vivo. Durante séculos ajudei você a permanecer assim, sempre sem ser visto, e, depois que eu lhe contar tudo que preciso hoje à noite, minha tarefa estará finalmente terminada.

— Então me conte — disse Will. — Já esperamos por tanto tempo, por que esperar mais?

Asmund balançou a cabeça como se estivesse pensando a respeito, mas estava claro que tinha algo mais em mente.

— Realmente, é por isso que estamos aqui, mas na vida de grandes homens há sempre muitas provações, e o preço do destino geralmente é muito alto.

Will desembainhou a espada samurai como resposta, jogando a bainha para o lado. Asmund pareceu um pouco surpreso e disse:

— Essa forma impulsiva de agir não condiz com quem viveu por tanto tempo. Só quero lembrá-lo que acordei quando você acordou, há vários dias.

— E isso significa o quê?

— Você sabe o que eu quero dizer; somos iguais, você e eu. Já se alimentou, William? — Will não respondeu. — Exatamente o que eu pensava, mas eu não, e preciso de sangue. É tudo o que eu peço, de um ser para outro da mesma espécie: o meu conhecimento em troca do sangue dela. — Asmund voltou a olhar para Eloise.

Will entendia a situação, sabia como era a sensação de precisar de sangue, mas, mesmo que ele e Asmund fossem da mesma espécie, mesmo tendo conhecido Eloise havia apenas poucos dias e mesmo sabendo que ela iria provavelmente morrer antes dele, Will não podia oferecer a vida dela em troca de qualquer conhecimento. Ele iria sacrificá-la quando chegasse a hora? A resposta era não.

— Por que você não se alimentou deles? — perguntou, apontando para Rachel e Chris. — Eles têm sangue de sobra. Por que precisa ser ela?

Asmund sorriu, maléfico, deixando claro que não se tratava apenas de fome, mas de fazer com que Will aceitasse sacrificar algo que ele não queria.

— Você sabe, há tipos e *tipos* de sangue.

— Não somos iguais. E, se isso for um teste, então estou reprovado, porque não vou permitir que você a mate. — Assim que terminou a frase, outra voz em sua cabeça começou a gritar para que

SANGUE

ele aceitasse a troca, atormentando-o com o argumento de que a vida dela valia menos que seu futuro, mas ele não cederia. Ele não a abandonaria.

— Posso torná-la uma de nós — disse Asmund. — Você não tem esse poder, mas eu tenho.

Por incrível que pareça, Eloise, que até então parecia aterrorizada, olhou para Will com insistente esperança, reiterando silenciosamente o seu desejo de ser transformada em um deles. No entanto, Will podia sentir que Asmund estava mentindo, que ele não tinha o poder necessário para transformar uma pessoa, e, depois de todos esses séculos, finalmente entendeu o porquê.

— Asmund, você acaba de me ajudar a compreender algo que me atormentou durante muito tempo. Agora entendo que somos assim porque já nascemos dessa forma.

Asmund disse sorrindo:

— Demorou todo esse tempo para você compreender por que é atraído por determinadas pessoas saudáveis e não por outras? Você achava que isso era uma escolha? Nunca lhe ocorreu que sua *escolha* de não se alimentar de algumas pessoas, lá no fundo do seu coração, era porque o sangue delas não possuía nada de útil, porque a sua mordida iria apenas despertar o que a minha mordida despertou em você? Sim, estava no seu sangue desde o início, mas se não fosse por mim você morreria de velhice sem nunca saber disso.

Will ficou impressionado com a revelação e envergonhado por não ter percebido isso antes. Aquilo estava dentro dele desde o início, como também estava em outras pessoas que viveram e morreram felizes, sem saber do "dom natural" que haviam herdado. Mas uma coisa era certa, Eloise não era uma dessas pessoas.

— Se você morder Eloise, ela vai morrer, e, repito, não irei permitir que você a mate. Prefiro matá-lo e viver na ignorância.

— Então você nunca saberá a verdade. Não terá destino, estará condenado a essa existência por milhares de anos. — Enquanto falava, sua mão acariciava o braço de Eloise, e Will temeu que Asmund tentasse mordê-lo antes que pudesse intervir, ou por estar extremamente determinado ou por estar muito faminto. — Quando toda civilização tiver perecido e a terra se tornar vazia, você sobreviverá, sozinho, morrendo por dentro pela falta de vítimas.

Asmund pegou o braço de Eloise, puxando-o em direção à sua boca. Ela gritou apavorada, mas Will estava preparado e imediatamente atirou-se à frente, direcionando a espada samurai ao pescoço de Asmund. E isso foi o suficiente para que ele a largasse, tão subitamente que Eloise caiu no chão, se arrastando apressadamente em direção ao pilar mais próximo. Mas, para o espanto de Will, Asmund segurou a lâmina da espada antes que o ataque o atingisse.

Will não hesitou. Rapidamente puxou a espada, soltando-a do domínio de Asmund, e deu alguns passos para trás. A mão de Asmund estava ilesa, mesmo após ter segurado a lâmina superafiada, mas ele parecia furioso.

Sua voz estava carregada de desprezo quando disse:

— Seu tolo! Você jogaria fora seu próprio futuro para salvar uma garota! — Olhou para o teto e depois respirou profundamente, dizendo, como se para alguém que não estava ali: — Chega! Recuso-me a fazer isso. Cumpri suas ordens por mil anos, mas agora chega, não ajudarei esse ingrato!

Asmund falava para seu mestre ouvir e aparentemente ele ouviu, porque o rosto de Asmund subitamente se contorceu de dor, e ele segurou a própria cabeça como se estivesse tentando impedir que ela explodisse. Aquela era a punição por tê-lo desafiado; no entanto, a tortura apenas aumentou sua raiva e sua determinação.

Will percebeu que só havia uma saída para aquela situação: um deles morreria aquela noite. E, mesmo que a sorte estivesse ao seu favor, sabia que a vingança não seria o suficiente, que apenas matá-lo

SANGUE

não o deixaria satisfeito, pois estava lá para descobrir algo muito maior do que os fragmentos contados por Asmund.

Estava enfurecido por saber que estivera tão próximo da verdade sobre o que Lorcan Labraid queria dele, sobre seu destino, todas as respostas para as perguntas que o atormentavam durante séculos. Ele estava desistindo de tudo por uma garota que conhecera havia apenas poucos dias, e, ironicamente, foi o desejo pelo sangue da mesma garota que persuadiu Asmund a abrir mão de fazer parte daquele destino.

— Castigue-me o quanto quiser! — gritou Asmund para os céus.

— Mas, quando o garoto estiver morto, você não terá mais controle sobre mim!

Ele tirou as mãos da cabeça e respirou fundo, controlando a dor, então desembainhou uma espada de lâmina larga que carregava nas costas.

— A garota ou você — disse Asmund rangendo os dentes.

— Eu — disse Will, lançando-se para a frente, fazendo a espada samurai imediatamente perfurar o corpo de Asmund.

Asmund olhou para baixo e balançou a cabeça mostrando aprovação; em seguida, recuou com agilidade, dizendo:

— Você ainda tem muita coisa para aprender, mas muito pouco tempo para fazê-lo.

Moveu sua espada numa velocidade impressionante. Will conseguiu abaixar e se desviar da lâmina, mas, com um movimento hábil, Asmund recuou a espada e o atacou na diagonal. Will pulou para trás e a lâmina soou como um sino ao acertar o chão de pedra.

Ele tinha apenas alguns segundos antes de um novo ataque, então contornou o pilar mais próximo e saltou sobre Asmund por trás, tentando usar sua agilidade contra a força da espada de lâmina larga. Will atacou Asmund novamente, tentando lhe atingir na lateral do pescoço, mas o grandalhão se desviou sem dificuldades, girando e acertando a espada samurai com sua poderosa arma de forma explosiva.

Will assistiu à lâmina da espada se partir ao meio e uma das metades voar para cima com tanta força que terminou encravada na pedra de um dos pilares. Também viu Eloise correr para trás dos pilares em direção à sacristia no fundo da igreja, passando por Chris e Rachel, que permaneciam paralisados.

Will arremessou o que restou do sua espada, como havia visto, uma vez, um atirador de facas fazer no circo. Ela acertou Asmund no peito, e, mesmo com a lâmina quebrada, penetrou fundo.

Asmund balançou a cabeça novamente e, enquanto puxava a arma quebrada do peito, disse:

— Bem, *essa* ideia foi quase boa! Se tivesse acertado meu coração, poderia ter me causado problemas. Talvez eu ainda faça de você um guerreiro.

— Você se considera um guerreiro? Eu era apenas um garoto quando fui mordido. Qual é a sua desculpa? Você, enorme como é, não conseguiu repelir seu agressor?

Asmund respondeu, rindo:

— Se você conhecesse meu mestre, entenderia o quão tolas são suas palavras. — Ele parou, sorrindo ao perceber a armadilha que Will tentou preparar, incitando Asmund a revelar as coisas que ele queria descobrir. Pareceu que iria dizer alguma outra coisa, mas subitamente lançou sua espada, atacando mais uma vez de forma rápida e cruel.

Will recuou para trás do pilar e correu para o meio do corredor central, ficando bem em frente ao degrau em que Rachel e Chris estavam. Nesse momento, viu Eloise atirar algo em sua direção. Era uma lanterna; ele a pegou e se virou.

Tarde demais. Asmund já estava preparado. Segurou Will pelo colarinho, erguendo-o do chão, mas o mantendo afastado. Will

SANGUE

imediatamente ligou a lanterna e direcionou o feixe de luz para os olhos do agressor.

Asmund deu um grito, profundo e ensurdecedor, capaz de superar o estrondo de um trovão. E praguejou em seu próprio idioma antigo, mas em nenhum momento perdeu a concentração nem abaixou os braços.

Will não conseguia alcançá-lo e sabia que seria inútil acertá-lo com a lanterna. Pensava desesperadamente no que fazer quando Asmund puxou-o para perto e enfiou os caninos em sua mão com uma rapidez impressionante. Quando a lanterna caiu no chão, Asmund parou de morder a mão de Will, e então, antes que Asmund o afastasse novamente, Will aproveitou a oportunidade.

Deu-lhe um soco forte na lateral da cabeça, e depois desferiu mais um golpe do outro lado. E deu certo, os dois impactos poderosos foram suficientes para que Asmund o soltasse e cambaleasse um pouco para trás.

Mas, mesmo enquanto caía no chão, Will já sabia que teria apenas alguns segundos antes que Asmund se recuperasse. Conseguiu localizar o que restava de sua espada samurai e apressou-se em sua direção. Ao segurá-la, virou-se, ainda de joelhos, à procura de Asmund, mas ele não estava mais lá.

Virou-se novamente, mas não viu mais nada, apenas uma visão turva antes que sentisse a força do pé de Asmund em sua face. A pancada o arremessou a alguns metros do degrau do presbitério. Will tentou se levantar, mas mal conseguia se mover, tamanho fora o impacto, e então, subitamente, ficou totalmente imóvel porque Asmund posicionara-se sobre ele, com um dos pés lhe pressionando o peito.

Quando Will olhou para Asmund, viu um gigante imbatível, e se sentiu ridículo por ter pensado que poderia derrotá-lo em um combate, um homem que provavelmente fora um guerreiro destemido antes mesmo que as forças que ambos compartilhavam tivessem se desenvolvido.

Asmund parecia estar recuperando o fôlego, mas Will sabia que ele estava na verdade lutando contra a dor imposta por desafiar seu mestre. E, quando falou, as palavras saíram com grande dificuldade e os músculos da mandíbula se moviam de forma dolorosa.

— A luz do sol e o fogo irão fazê-lo desejar a morte, mas não o matarão. A estaca, como você sabe, irá aprisioná-lo. Há apenas uma única forma de matar pessoas como nós: decapitando-nos.

Pegou a espada, pronto para atacar. Após aproximadamente oito séculos, aquele era o momento, e então Will se preparou para a morte, dominado por um misto de medo e alívio por finalmente ver o fim se aproximar. Arrependia-se apenas por não poder mais proteger Eloise, e, como que para enfatizar esse arrependimento, ela gritou:

— Pare! — O tom da sua voz era surpreendentemente firme, apesar de soar distante e enfraquecida em comparação com o barulho causado pela luta. Asmund baixou a espada novamente e começou a rir sozinho, entretido o suficiente para se permitir um momento de distração. — Beba o meu sangue. Deixe-o viver e o meu sangue será seu.

Will ordenou a ela, gritando:

— Eloise, fuja agora! Pegue o carro e vá embora!

— Mas eu não sei dirigir.

— Pelo menos, tente!

— Não, vou ficar — foi a resposta final de Eloise. — E a oferta continua.

Asmund sacudiu a cabeça.

— Tarde demais, garota. Vou matá-lo primeiro e depois beberei o seu sangue, não farei uma troca. Quero os dois. E ele disse a verdade: você morrerá hoje à noite. *Nós* podemos escapar da morte, nós somos deuses, mas você não passa de alimento.

SANGUE

Will sentiu sua mão apertar com raiva a espada quebrada. Sentiu-se envergonhado por estar sucumbindo à morte com tanta facilidade e por ter quase abandonado Eloise à mercê daquele monstro. Sentiu-se envergonhado, também, porque percebeu que a estaria sacrificando tanto ao morrer quanto se a tivesse entregado voluntariamente.

— Eu estou pronto — disse Will. — Termine logo com isso.

— Como quiser — disse Asmund, levantando a espada pela segunda vez.

Eloise gritou, mas Will estava pronto e determinado. No breve momento em que a poderosa espada de lâmina larga fez Asmund perder o equilíbrio, Will lhe cravou a espada quebrada na panturrilha, empurrando-o com toda força, impulsionando um dos pés contra seu peito.

Asmund tombou com força no chão e a espada caiu ao seu lado, mas ainda em seu poder. Will se levantou rapidamente e chutou a mão de Asmund, fazendo com que a espada pesada ressoasse ao atravessar o corredor e se aproximasse com perigo das pernas de Chris.

Will correu ao encontro dela, mas, ao se virar com a espada de lâmina larga em punho, não ficou surpreso ao encontrar Asmund em pé, a poucos metros de distância, já recuperado o suficiente para enfrentá-lo. A lâmina da espada samurai continuava cravada em sua perna, mas ele se abaixou e a removeu como se fosse uma mera inconveniência.

Começou a rir novamente, zombando de Will, ameaçando atirar a espada quebrada. Então, como se quisesse provar sua coragem, Asmund examinou a lâmina fina da arma, passando o dedo por sua extensão antes de descartá-la. Depois puxou de seu cinto um machado.

— Não importa a forma como sua cabeça seja separada do seu corpo. — Will podia ouvir Eloise atrás dele, correndo para um canto, atrapalhando-se com alguma coisa, fazendo um barulho que tirava

sua atenção e impedia que ele estudasse os movimentos de Asmund
— Então venha. Seja um guerreiro!

Asmund se lançou com violência em direção a Will, com o
machado em riste, pronto para desferir um golpe com toda a força
do seu corpo. Will ergueu a espada, sabendo que teria de atacar antes
que Asmund chegasse muito perto e que o ataque teria que ser perfeito. Foi então que percebeu o que Eloise estivera fazendo; mais uma
vez, uma luz queimou os olhos de Asmund.

Ele tropeçou, apenas por um momento, mas foi o suficiente
Enquanto ele voltava a atacá-lo, Will lançou sua espada com um
movimento feroz. Por uma fração de segundo, pensou ter errado,
mas, em seguida, sentiu uma resistência satisfatória de pele e ossos
quando a lâmina atravessou o pescoço de Asmund.

A cabeça de Asmund saiu voando ao mesmo tempo em que seu
corpo se chocava com o de Will, derrubando-o no chão, imobilizan-
do-o. A cabeça não chegou a bater no chão, e, logo que Will atingiu o
piso de pedra, o corpo de Asmund que estava sobre ele desapareceu
numa chama ofuscante azul e fria.

Até mesmo a espada que estava na mão de Will desaparecera. Era
como se tudo relacionado a Asmund tivesse sido tragado para outra
dimensão quando ele foi degolado. Era daquele jeito que os seres da
sua espécie chegavam ao fim, e era assim que um dia sua morte real
viria buscá-lo.

Foi despertado de seus devaneios por vozes cheias de espanto que
vinham por trás dele.

— O que aconteceu?

— Ai, meu Deus, isso foi tão... — Eram Chris e Rachel, libertos
do feitiço. Ele ouvia as vozes, mas não compreendia as palavras.
Depois escutou Eloise falando com eles, mas também não conseguia
entender o que ela dizia.

Sentou-se e percebeu que algo caíra de seu peito. Olhou para
o chão à sua frente. Parecia que nem tudo relacionado a Asmund

SANGUE

desaparecera. Um pingente metálico, cujo cordão havia sido cortado pela lâmina da espada, havia sobrevivido. Will colocou o pingente no bolso, depois se levantou para falar com os demais.

Todos pararam e ficaram olhando para ele. Eloise aparentava querer correr em sua direção, mas ficou onde estava e disse:

— Obrigada.

— Pelo quê? — perguntou Will, surpreso. — Sou eu quem devo agradecer a você por deixá-lo cego e por se oferecer em sacrifício.

Ela deu um breve sorriso e disse:

— Eu sabia que você não deixaria que isso acontecesse. — Eloise parecia um pouco constrangida. Virou-se para Chris e Rachel e perguntou: — O que vocês viram?

— Tudo — respondeu Chris, virando-se para Will. — Nos desculpe. Fomos totalmente inúteis.

Rachel tentou explicar:

— Foi horrível, era como se estivéssemos aprisionados no gelo vendo tudo acontecer, mas não podíamos...

Ela parou no meio da frase e fixou seu olhar por sobre o ombro de Will, alarmada. Chris e Eloise acompanharam seu olhar e também adotaram a mesma expressão de preocupação. E, mesmo antes de se virar, Will já sentia que a atmosfera mudara, que estava se deformando de algum jeito.

Quando ele se virou, seis mulheres já haviam saído das paredes da igreja, três de cada lado, usando túnicas que mais pareciam névoas entrecortadas, os rostos pálidos e quase inteiramente destituídos de feições, apenas sombras fracas indicando os espaços vazios onde um dia estiveram os olhos, a boca e o nariz.

Estavam em silêncio e de guarda entre os pilares. Uma sétima mulher surgiu do arco que levava para a torre da igreja. Ela caminhava como se estivesse flutuando pelo corredor central, até parar a uma pequena distância para encarar Will. Eram os espíritos da catedral, aqueles que temiam tanto que ele fosse sacrificar Eloise.

199

Por um momento, a sétima mulher parecia paralisada, mas então a sombra no espaço em que deveria estar sua boca se abriu e ela falou com uma voz distante e de outro mundo:

— Cuidado, William de Mércia, você não prestou atenção aos nossos avisos e não pode mais voltar atrás. Porém, o caminho à frente está cheio de perigos, para você e para os que o acompanham. E este é só o começo. As legiões do submundo o esperam, exércitos que vão procurar destruí-lo, mas só você pode encontrar o verdadeiro caminho.

— Por que vocês tentaram me ajudar? — Will não tinha certeza se elas estavam mesmo tentando ajudá-lo, mas estava certo, pelo menos, de que não queriam machucá-lo.

— Nosso mestre é outro — informou a mulher.

— Quem?

Ela não respondeu, mas disse com firmeza:

— Lembre-se, William de Mércia: corte a cabeça e o corpo cairá.

Ela começou a se virar, mas Will perguntou, insistente:

— Quem é Lorcan Labraid?

O ar parecia crepitar como se estivesse carregado de eletricidade. As outras seis mulheres também pareciam elétricas, como se subitamente pudessem pegar fogo. A mulher se virou para encará-lo e, depois de uma pausa assustadora, resolveu falar novamente.

— Ele é o mal do mundo, mas você já sabe disso. Tome cuidado, William, ele o chama e você tem que responder.

— Mas o que ele quer, e por que esperou até agora, por que todo esse tempo?

— Da mesma forma que os planetas devem se alinhar, você ainda é metade do que ele precisa.

Ela virou a cabeça, fixando o olhar em algo sobre o ombro de Will, petrificada por um instante. Will se virou também e viu que a mulher fitava diretamente Eloise, que estava levemente assustada. Quando se virou novamente, a mulher já estava se afastando.

SANGUE

Havia mais e mais indagações na cabeça de Will, mas ele não conseguia expressá-las em palavras. As seis mulheres já estavam desaparecendo pelas paredes, e a sétima estava praticamente de volta ao arco que levava até a torre da igreja.

E então ele compreendeu tudo: as sete mulheres, as figuras estranhamente derretidas.

— Sinto muito — lamentou ele. A mulher parou e olhou para trás. — Sinto muito pelo que fizemos a vocês.

Ela o encarou novamente e pareceu ponderar sobre seu pedido de desculpas antes de balançar a cabeça em reconhecimento. Depois de uns poucos segundos, desapareceu, misturando-se à noite.

— Eram as bruxas, não eram? — indagou Eloise. Ele se virou para ela e fez que sim com a cabeça.

Rachel olhou para Eloise e depois para Will, perguntando:

— As bruxas que foram queimadas?

— Acho que sim. Mas parece que elas estavam tentando nos proteger, inclusive a mim.

— Com certeza elas tinham um bom motivo — comentou Chris, tentando parecer calmo, mas incapaz de esconder seus verdadeiros sentimentos. Ele estava tão apavorado que provavelmente nunca mais voltaria ao normal. Olhou ao redor da igreja e tentou falar de forma bem natural. — Por falar nisso, temos algum motivo para ainda estarmos aqui?

Will balançou a cabeça e disse:

— Não. Vamos embora.

Eles pegaram de volta a lanterna e o lampião, bem como o que havia sobrado da espada samurai, e saíram da igreja. A noite parecia outra. Tudo estava calmo novamente, e as estrelas, levemente visíveis, eram ofuscadas apenas pela luz da lua, que estava quase cheia.

Enquanto desciam a colina, Will olhou para a sua mão. O ferimento já havia cicatrizado, e as marcas dos caninos de Asmund eram levemente visíveis, os últimos vestígios físicos de sua existência.

Asmund envenenara sua vida, assim como a de muitos outros, e, num ato final de loucura, tentara matar a pessoa a quem lhe fora ordenado servir. Provavelmente ele era uma má pessoa antes mesmo de ficar doente, e, apesar de Will ter ido até lá na esperança de destruí-lo, estava triste por ele agora.

Não sabia a razão, se era porque Asmund fora amaldiçoado da mesma forma que ele, ou se era porque havia morrido. Quaisquer que tivessem sido seus erros, Asmund tinha sido o primeiro de sua própria espécie que Will havia encontrado e eles poderiam ter tido muito o que conversar. Além disso, Asmund o havia transformando no que ele era, gostasse ele ou não, e assim, estranhamente, talvez aquela fosse a tristeza de um menino que acabara de perder o próprio pai.

24

Uma hora depois, estavam sentados à pesada mesa de madeira na cozinha rústica de Chris e Rachel. O local estava iluminado por velas, porque, na volta, constataram que a cidade ainda estava às escuras por causa da tempestade do início da noite. Havia uma única vela na mesa, e Rachel tivera o cuidado de colocá-la o mais longe possível de Will.

Chris abriu uma garrafa de vinho tinto, encheu três copos, e disse:

— Não sei se deveríamos encorajar você a beber, Eloise, mas dadas as circunstâncias...

— Você é muito gentil, Chris, mas tomo vinho no jantar desde os 5 anos de idade.

Chris passou o copo para ela e se desculpou:

— Will, eu me sinto péssimo por não ter nada para oferecer a você.

Will balançou a cabeça indicando estar tudo bem, e Rachel acrescentou:

— E o pior foi que você não encontrou o que realmente estava procurando.

— Mas tivemos algumas respostas — comentou Eloise. — Pelo menos, sabemos agora, com certeza, que Lorcan Labraid é o rei suspenso, e que ele é um dos quatro.

Chris disse, meneando a cabeça:

— Mas cada resposta somente nos leva a mais perguntas. Quem são os quatro e como Labraid se tornou um rei suspenso? E mais importante: o *que* você deveria ter descoberto lá hoje à noite?

Will não respondeu e Rachel comentou logo em seguida:

— Você não me parece muito desapontado, Will.

— Encontrei o homem que fez isso comigo. Se nunca mais descobrir nada a meu próprio respeito, ainda assim ficarei satisfeito por ter encontrado Asmund e por vê-lo destruído.

Eloise bebericou o vinho e observou:

— A maneira como ele evaporou... Sei que não era uma boa pessoa, mas senti pena dele quando aquilo aconteceu.

— Eu também — disse Will, lembrando-se do pingente. Tirou-o do bolso, olhou para ele e falou: — Isto aqui caiu do pescoço dele e foi parar no meu peito. Foi a única coisa dele que não desapareceu.

Rachel pegou o pingente e sugeriu:

— Parece bronze. Ei, talvez isto tivesse que sobreviver! Talvez devesse mesmo parar no seu peito!

Chris pensou a respeito e ficou entusiasmado com a ideia.

— É isso! Como sabemos que Asmund se desviou mesmo do plano? Quer dizer, talvez ele achasse que estava desacatando as ordens do seu mestre, mas talvez fosse tudo parte do plano. — Levantou as mãos para cima, como se estivesse tentando enfatizar a conclusão a que chegava. — A igreja sem membros se pronunciará, foi o que disse a profecia, e, de certa forma, ela se pronunciou, mas talvez a única coisa que isso significasse era que você colocaria suas mãos nesse pingente.

Will não estava convencido e teria ficado mais feliz com uma simples explicação de seu criador. No entanto, como o próprio Asmund dissera, havia muitas provações na estrada que levava ao destino de um grande homem.

Rachel disse, segurando o pingente junto à luz da vela:

— Boa teoria, mas não consigo ver como isto pode nos ajudar, primeiro porque ele está quebrado.

SANGUE

O pingente parecia a metade de um disco, irregular no lugar onde estava quebrado, mas, quando olhou para ele, Eloise arregalou os olhos e inferiu:

— Talvez não esteja quebrado. — Levantou-se e levou uma das velas para a sala de estar.

— Aonde você vai?

— Vou pegar uma coisa na minha bolsa! — gritou.

Quando voltou da sala, sentou-se e estendeu a mão para pegar o pingente, e então mostrou o objeto que tinha na outra mão.

— O pingente que Jex me deu.

Pareciam praticamente iguais, mas, quando Eloise juntou os dois, as extremidades irregulares se encaixaram perfeitamente: eram duas metades de um disco inteiro.

— Incrível! — exclamou Will.

Eloise colocou as duas peças juntas sobre a mesa. O desenho que estampava os pingentes, difícil de decifrar com a peça dividida, agora era inteiramente claro.

— É a cabeça de um javali — disse Will. — Era o brasão da nossa família.

— Então isso deve ter pertencido a alguém da sua família — arriscou Chris.

— Não necessariamente. Era um símbolo comum. — No entanto, agora Will se recusava a acreditar que qualquer coisa pudesse acontecer por acaso. — Há algo no verso?

Eloise virou as duas metades para o outro lado. Havia três linhas gravadas, entrecruzando-se no meio e formando um pequeno triângulo entre elas. Também havia duas letras, uma em cada metade.

Rachel foi a primeira a identificar a possível relação.

— W e E... Eloise, qual metade Jex deu a você?

— A que contém a letra E. Foi por essa razão que ele me deu o pingente. Na verdade, não. Na verdade, ele disse que ele sempre deveria ter sido meu, mas, quando recusei, ele insistiu e disse que a minha inicial estava nele.

— Will e Eloise — disse Rachel.

Chris olhava fixamente para o verso do pingente, como se pudesse ver algo nele que ninguém mais conseguira ver. Ele tinha um olhar intrigado, mas finalmente pareceu compreender o que estava vendo e afirmou:

— Não significa Will e Ella, e sim oeste e leste em inglês, ou seja, *West* e *East*. É um mapa. — Olhou para Rachel e tentou persuadi-la. — Veja, Rachel, observe as linhas! Não lhe parecem familiares? — Sem esperar a resposta, perguntou a Will: — Você acha que esse objeto é antigo? Quer dizer, se estava com Asmund...

— Não creio que ele tenha se ausentado de Puckhurst por séculos, e não acho que tenha sido entregue a ele enquanto estava lá.

Rachel percebeu o que Chris estava sugerindo naquele momento e exclamou:

— Linhas ley! Mas, se esse pingente for antigo, então Watkins estava certo. — Virou-se para Will e explicou: — Nos anos 1920, um arqueólogo amador, Alfred Watkins, apareceu com a teoria das linhas ley, a ideia de que lugares antigos foram todos construídos de acordo com determinados alinhamentos conectados à energia da Terra.

A teoria parecia um pouco familiar e Will começou a pensar se porventura se lembrava dela de outras épocas.

Chris sorriu e disse:

— Mas o mais importante é que reconheço as coordenadas: esse pequeno triângulo me deu a resposta. Essas linhas específicas estão muito perto daqui. Elas se cruzam de tal forma que um pequeno triângulo de terra existe entre elas e é sobre esse local que fica a Abadia de Marland.

— Ai. Meu. Deus! — Todos olharam para Eloise, que se explicou. — Isso tudo é muito assustador.

SANGUE

— Tudo está se juntando — concordou Will.

— Como assim? Digo, sei que o lugar se tornou a residência familiar dos Condes de Mércia, mas, com certeza, isso aconteceu centenas de anos após a sua época, certo?

— Mas meu pai... Acho que ele tinha alguma ligação especial com o lugar, algo que ele também incutiu em mim. Quando criança, eu ia lá com frequência.

— E lá é a minha escola.

Rachel, surpresa, indagou:

— Você estuda na Abadia de Marland? Então por quê...?

Ela ia perguntar por que Eloise estava morando nas ruas, mas Eloise a interrompeu, pedindo:

— Não me pergunte, pois é tudo incrivelmente absurdo e constrangedor. Mas talvez eu deva voltar agora, se eles me aceitarem.

— Sim — disse Will. — Admito estar curioso por várias razões, mas esse pingente sugere que Marland é o lugar para o qual devo seguir, embora não seja fácil preparar o caminho para isso.

— Talvez não. Mas podemos ajudar, e Eloise terá voltado à escola, o que pode lhe garantir certa facilidade de acesso.

— Se eles não me colocarem na solitária — brincou Eloise.

Rachel acrescentou aos comentários de Chris:

— Will, se não houver um local adequado para você ficar lá, nós o levaremos à noite e o traremos de volta, sempre que você quiser. Não fica tão longe da cidade.

— Obrigado. É claro que espero que isso não seja necessário. Vocês já fizeram demais. — Na verdade, ele se sentia um pouco culpado por aceitar a ajuda, pois havia suspeitado tanto deles, deixando-se levar pelo desconforto do braço.

— Will — continuou Rachel —, em parte por sua causa, a paranormalidade sempre foi a grande paixão das nossas vidas. Nada que fizemos será demais se isso significar a possibilidade de mais descobertas sobre tudo que está acontecendo. Faremos qualquer coisa por isso.

Ele acreditava nela, assim como deveria ter ouvido Eloise desde o início, porque eles já haviam arriscado suas vidas por ele. E lá estavam, expressando grande disposição em fazer o que fosse necessário. Talvez fossem somente pessoas ricas em busca de aventura, mas, fossem o que fossem, agora duvidava que suas atitudes tivessem qualquer motivo suspeito.

E, como que para provar seu entusiasmo natural, Chris disse:

— Há uma única coisa que não compreendo. Bem, na realidade, não compreendo nada, mas há uma coisa que particularmente me intriga.

— Prossiga — pediu Will.

— Asmund mordeu você. O mestre dele, cujo nome não sabemos, o mordeu. E o mestre do mestre dele é Lorcan Labraid.

— Que é o mal do mundo — completou Eloise.

— Veja, isso significa que encontramos todos os responsáveis ligados diretamente a você até finalmente chegarmos à criatura malévola, Lorcan Labraid. Então, se rastreamos todos, quem é, afinal, esse tal de Wyndham?

— Quem me dera saber... — respondeu Will. — Alguém poderoso o bastante para fazer com que os mortos se levantem, um feiticeiro, mas que aparentemente não está ligado a Asmund nem a Lorcan Labraid. E não há qualquer referência a ele no caderno de Jex. A única coisa que sabemos sobre ele, com certeza, é que é perigoso.

Eloise concordou com a cabeça, mas depois olhou o relógio à luz da vela e sugeriu:

— Will, acho que está na nossa hora.

— É claro — concordou Will, dando uma olhada no relógio.

Mas Rachel se levantou primeiro e pediu:

— Esperem um minuto!

SANGUE

Ela foi até a outra sala e voltou em seguida com uma fina tira de couro. Passou-a pela abertura existente na metade do pingente que estivera com Asmund e deu-a para Will.

— Com tanto perigo por aí, acho melhor usarem isso. Podem trazer sorte.

— Talvez você tenha razão — concordou Eloise, colocando a dela. Will fez o mesmo, embora se lembrasse do que ocorrera ao proprietário anterior do pingente: ele não recebera proteção.

Após as despedidas, Will e Eloise partiram pelas ruas escuras, tendo a lua, já baixa no céu, como a única fonte de luz.

Não tinham caminhado muito quando Eloise disse:

— Quando agradeci a você na igreja, você me perguntou o motivo. Então estou lhe agradecendo novamente. — Ele a olhava sem entender direito. — Quando chegou a hora, você escolheu a minha vida em detrimento do seu destino. Não deve ter sido algo fácil.

— Sabe, o estranho é que eu praticamente não me dei conta disso. Deveria, mas sabia que era a coisa certa a fazer. Talvez Chris esteja certo. Talvez a profecia se referisse ao que realmente aconteceu lá, e não ao que nós esperávamos.

Eloise riu.

— Bem, vamos torcer para que as próximas profecias sejam um pouco mais objetivas.

Caminharam algum tempo em silêncio. Will pensou no pingente, nas duas metades que se encaixavam perfeitamente, o que o levou a refletir sobre os acontecimentos dos últimos dias, os mais extraordinários de sua vida.

— Por que está sorrindo?

Ele respondeu, olhando para ela:

— Porque estou feliz.

— Foi o que pensei, mas não entendo o motivo, já que a noite não foi o que esperávamos. — Mais alguns passos em silêncio e ela perguntou: — Você quer compartilhar o segredo dessa felicidade?

Ele tocou o pingente com uma das mãos, dizendo:

— Isto me fez entender uma coisa. Nestes últimos dias, questionando por que tudo está acontecendo agora, por que encontrei o caderno de anotações de Jex, por que todas essas forças estranhas não param de aparecer: meu irmão, as bruxas, Asmund... Por quê? Será por causa do novo milênio ou por causa de algum alinhamento celestial? Por que esperei setecentos e cinquenta anos, e agora, de repente, e de uma só vez, o meu destino se revela aos meus olhos como um teste?

— E?

Will parou de caminhar; ela parou também, olhando para ele.

— O que as bruxas disseram. É por sua causa, Eloise. O pingente confirmou o que eu já sentia em cada fibra do meu ser: esperei setecentos e cinquenta anos para você nascer. Tínhamos que nos conhecer porque, de algum modo, não sei qual, você faz parte do meu futuro.

Surpresa, ela mantinha os olhos fixos nele, e então deixou uma risada escapar, depois outra... Ela parecia contagiada pela felicidade.

— Se eu não tivesse gosto de jantar, lhe daria um beijo agora.

— Se você não tivesse gosto de jantar, eu lhe beijaria também.

— Mesmo?

— É claro. É impressionante que você ainda precise fazer uma pergunta dessas.

Ele se aproximou e acariciou seu rosto.

— Você pode segurar minha mão — disse ela —, a menos, é claro, que isso faça com que sinta dor.

Will balançou a cabeça e entrelaçou sua mão à dela, e, como se a lembrança de uma vida anterior tivesse voltado, sentiu que o calor da pele de Eloise era tão revigorante quanto aquele dia de verão com o qual sonhara.

Ele sorriu e eles caminharam de mãos dadas. De repente, a energia elétrica da cidade voltou. A luz era tão forte que Will imediatamente

SANGUE

pensou em colocar os óculos escuros, mas, por fim, deixou-os no bolso.

Sabia que não era o único que esperara setecentos e cinquenta anos por ela, mas a catedral iluminada pelos holofotes se erguia imponente no céu escuro, bem à frente deles, e, naquela noite, caminhando com Eloise, era difícil acreditar que pudesse haver qualquer maldade no mundo ou que qualquer coisa pudesse fazer mal a eles.

25

Eu já era diferente desde que nasci. Na cor dos cabelos, não puxei a nenhum de meus pais, pois ambos eram loiros. Na verdade, um dia alguém me disse que, apesar da honra indiscutível de minha mãe, se não fosse pelo fato de eu me parecer com meu pai, ele poderia considerar que fora traído.

Minha madrasta me contou que os meus cabelos pretos e os olhos verdes eram traços antigos dos meus ascendentes. Aquela boa mulher compreendia bem os fatores complexos que fazem de nós o que somos, como pode ser visto no próprio Condado.

Meu pai não tinha qualquer relação com os Condes de Mércia anglo-saxões. Ele descendia de normandos e herdou um título que fora recriado apenas em 1175, graças a Henrique II.

Por outro lado, minha mãe era descendente direta de Edwin, o último Conde anglo-saxão. E minha madrasta me contou sobre uma ligação ainda mais distante, sobre como um dos ancestrais de Edwin havia se casado com alguém da linhagem dos antigos reis britânicos que haviam governado a região anteriormente. Foi dessa estirpe que, segundo ela, devo ter herdado meus cachos negros.

Existo há muito tempo, portanto sei um pouco de genética, e entendo as complexidades que até mesmo ela pode não ter compreendido. Mas também existo há tempo suficiente para entender que possuo algo que não pertencera nem ao meu pai e nem à mãe que nunca conheci.

Assim como as linhas ley convergem no pingente partido, as linhas nobres de todos os povos destinados a governar estas ilhas convergem

SANGUE

em mim. *Todos aqueles governantes antigos, perdidos além das margens da história, têm sua força vital carregada como uma tocha na minha pessoa.*

E, se todas as linhas nobres convergiram um dia, também devem ter atravessado os séculos, cruzando-se e separando-se, cruzando-se e separando-se, tocando outras incontáveis pessoas, talvez até você que está lendo estas páginas. Pois isso é uma coisa que só vim a entender no passado mais recente.

Por mais estranho que pareça, e qualquer que seja o destino que me aguarde, todos nós temos a mesma essência. Eu sou uma parte sua, e você é uma parte minha. Somos sangue, você e eu. Nós somos sangue.

26

Era início da noite em Heston Estate. Lamentavelmente, apesar de tomar emprestado um dos nomes da aristocracia local, a propriedade não era nada imponente. Heston Estate era um grande conjunto de cerca de oitocentas casas no lado leste da cidade.

As casas eram decadentes; vira-latas andavam sem rumo; gangues de rapazes perambulavam pelas esquinas, procurando causar problemas que pudessem aliviar o tédio em que viviam.

Naquela noite, no entanto, as ruas estavam desertas porque estavam sendo açoitadas por uma forte chuva que vinha do leste. Assim, ninguém estava lá para testemunhar a limusine Mercedes preta que lentamente percorria as ruas da região, com seus pneus chiando levemente por causa do asfalto molhado.

O motorista estava com um pouco de dificuldade para encontrar a casa que procurava, em parte por causa do tempo ruim, em parte porque todas as casas pareciam exatamente iguais no escuro e poucas placas de rua estavam inteiras. O passageiro, sentado no banco de trás, protegido pelos vidros escuros, não estava preocupado.

Enquanto isso, no número 26 da Mandela Crescent, Jane Jenkins assistia à novela na televisão, pensando se deveria fazer alguma coisa em relação a Mark. Mark Jenkins era seu filho de 15 anos, que há dez vivia causando problemas. Mãe e filho eram os únicos moradores da casa.

Ele estava em seu quarto, no andar de cima, e o problema não era do tipo com que Jane estava acostumada a lidar. Há mais ou menos

SANGUE

uma semana, ele não queria sair com os amigos; agia de modo educado, estava bem mais quieto do que de costume, e perdido em pensamentos na maior parte do tempo. Mas também fazia tudo o que ela pedisse para fazer, o que não era seu hábito.

Basicamente, na última semana, Mark se tornara o filho perfeito, e era isso que preocupava Jane, tanto que ela quase desejava que ele voltasse a ser o Mark de sempre, mesmo com todas as dores de cabeça que causava, com todos os problemas que arrumava na escola, com a polícia, com Taz e o resto da gangue. O que realmente a assustava era a possibilidade de ele estar usando alguma nova droga.

Alguém tocou a campainha e, logo depois, também bateu à porta. Com alguma dificuldade, ela se levantou do sofá e caminhou até a porta, se olhando rapidamente no espelho antes de abri-la. Nada mau para uma mulher de 33 anos, embora, em sua opinião, devesse emagrecer alguns quilinhos.

Abriu a porta e deu um passo para trás. Dois homens vestindo paletó aguardavam: um mais jovem, bem atraente, segurando um guarda-chuva para um homem mais velho, que tinha cabelos curtos e grisalhos, pele clara e belos olhos azuis. Ela calculou que o mais velho tivesse cerca de 60 anos e que deveria ter sido um bom partido há uns vinte.

— Sra. Jenkins? — A voz do homem mais velho era agradável e soava como a de alguém abastado; era pausada e definitivamente refinada demais para que ele fosse um policial ou um inspetor escolar, o que era um alívio.

— Senhorita, na verdade. Ou Jane.

Ele sorriu com cordialidade e disse:

— É um prazer conhecê-la, srta. Jenkins. Meu nome é Phillip Wyndham e estou aqui como representante do Fundo Breakstorm. Posso entrar?

Desconfiada, Jane perguntou:

— Qual é o assunto? Se está vendendo alguma coisa, vai perder o seu tempo.

— Garanto-lhe, srta. Jenkins, que não estou vendendo nada. É sobre Marcus.

Ela balançou a cabeça e disse a si mesma:

— Sabia que estava bom demais para ser verdade! — Ela abriu passagem para que o sr. Wyndham e seu motorista entrassem. — A propósito, é Mark. Marcus foi uma burrice minha quando ele nasceu. Ele odeia esse nome.

— Como quiser — disse o sr. Wyndham, observando a pequena sala de estar, que estava bem-cuidada, apesar de ter uma decoração um tanto quanto exagerada para o gosto dele. Também chamava a atenção o tamanho da enorme televisão, cujo volume era ensurdecedor.

Percebendo o desconforto dos visitantes, Jane pegou o controle remoto e tirou o som. E então disse, convidando-os:

— Sentem-se. Vou chamá-lo. — Ela se dirigiu para perto da escada e soltou um grito de estourar os tímpanos. — Mark!

Ela voltou e se sentou em frente ao sr. Wyndham, e, sem rodeios, declarou:

— Eu sabia que alguma coisa estava errada. Acho que o Taz é péssimo. Já disse que ele não é uma boa influência, mas o Mark nem quis vê-lo nesta última semana, e isso é estranho.

Wyndham sorriu, embora não tivesse ideia do que ela estava falando.

— Acho que há um mal-entendido, srta. Jenkins. Marcus... Mark não está com problemas. Estou aqui como representante do Fundo Breakstorm para oferecer ao Mark uma oportunidade incrível. Veja, o fundo é uma instituição educacional beneficente, e, por

SANGUE

intermédio dos nossos contatos nas escolas e na comunidade, selecionamos pessoas com habilidades excepcionais que nunca tiveram oportunidade de brilhar, e nós... bem, nós oferecemos essa oportunidade.

Enquanto Wyndham falava, o rapaz apareceu no hall e ficou observando o homem mais velho. Mark não tinha nada de especial em sua aparência; era parecido com a maioria dos outros rapazes do lugar. A única característica que o distinguia era uma pequena cicatriz no lado esquerdo do rosto.

Wyndham se virou e o viu ali, parado, em pé. Sorriu e disse:

— Ah, acho que esse é o jovem em questão. Olá, Mark!

— Marcus — corrigiu o rapaz.

Wyndham sorriu, tanto pela expressão de Jane Jenkins quanto pela resposta do rapaz.

— Olá, Marcus!

— Olá — respondeu o rapaz e, logo que se aproximou, apertou as mãos de Wyndham e do motorista. Aquela era exatamente a espécie de cordialidade que preocupava Jane: primeiro com o "Marcus" e agora com o aperto de mãos; o normal entre os rapazes da idade dele não era apertar a mão e cumprimentar homens vestindo paletós. — Qual é a oportunidade incrível que estava explicando? — A voz de Mark era surpreendentemente tranquila.

— Bem, se você e sua mãe aprovarem, você fará um curso com duração de uma semana para se acostumar. Depois, irá para uma escola particular de renome, onde concluirá seus estudos. Todos os custos serão pagos pelo Fundo Breakstorm, que também lhe dará uma bolsa de estudos anual para cobrir as despesas gerais.

Nem o garoto nem sua mãe entenderam exatamente o que Wyndham dizia, mas conseguiram captar a ideia central. Pelo menos, Marcus captou a ideia central.

— É algum programa de TV? Um desses *reality shows*? — perguntou Jane.

O sr. Wyndham sorriu educadamente e explicou:

— Não, srta. Jenkins. É a vida real. Com o seu consentimento, a vida de Marcus vai mudar completamente. E continuaremos a consultá-la e a apoiar Marcus em todas as etapas.

Jane deu de ombros, dizendo:

— Ele sempre fez o que quis, desde que nasceu. Não vou interferir agora. Qualquer que seja a vontade do Mark, tudo bem por mim.

Wyndham se virou novamente para o rapaz e indagou:

— E você, Marcus? O que acha? Gostaria de concluir seus estudos na Escola da Abadia de Marland?

— É um internato?

— Sim, você vai morar lá. — Virou-se para Jane e explicou: — Achamos melhor que ele fique por lá, pelo menos no início.

Jane concordou com a cabeça. Ela imaginava que provavelmente sentiria saudades dele em casa, mas não conseguia vê-lo numa escola cara, voltando para Heston todas as noites, vestindo um uniforme esquisito.

— Tudo bem, aceito.

— Excelente! — exclamou Wyndham, parecendo estar bem satisfeito. — Sabe, Marcus, acho que você é exatamente o tipo de jovem que o Fundo procura. Garanto que vai alcançar tudo o que desejamos para você durante sua estada na Abadia de Marland.

Marcus não respondeu, mas sem perceber passava o dedo na marca clara que a cicatriz havia deixado em seu rosto. Às vezes, a cicatriz o incomodava, como agora. Ele também sabia o motivo. Sabia que algo estava para acontecer, tinha essa sensação há dias, e agora concluía que era esse convite.

Quanto a Wyndham, ele conhecia muito bem o potencial que Marcus Jenkins possuía e estava convencido de que ele daria um

SANGUE

soldado bom e leal nas lutas que estavam por vir. Também estava certo de outra coisa: de que, sem sombra de dúvida, tais lutas estavam próximas.

Ele havia esperado pacientemente por duzentos anos, mas as profecias finalmente estavam se cumprindo. O mal estava à solta no mundo e era sua obrigação procurá-lo e destruí-lo onde quer que fosse encontrado. As forças do bem tinham que triunfar, e, acima de tudo, ele não descansaria até que tivesse destruído, sozinho, o filho do demônio, aquela coisa que pertencia às trevas, a fonte de todo o mal, William de Mércia.

AGRADECIMENTOS

A gradeço às seguintes pessoas: Sarah Molloy, da AM Heath, por ter sido a primeira pessoa que "não conseguiu parar de ler"; Stella Paskins, da Egmont da Grã-Bretanha, por uma das coisas mais raras — um processo de edição prazeroso! —; Elizabeth Law, da Egmont dos Estados Unidos, por compartilhar nossa paixão por este livro; Rosie Goodwin (e Grant!), por ter sido tão gentil ao ler o começo da história; Una Forest, por sempre trabalhar nos bastidores; e, finalmente, todas as outras pessoas que estiveram comigo durante o percurso, entendendo para onde eu estava indo...

"... Esta alma esteve só
Num largo, largo mar."

Impresso no Brasil pelo
Sistema Cameron da Divisão Gráfica da
DISTRIBUIDORA RECORD DE SERVIÇOS DE IMPRENSA S.A.
Rua Argentina 171 – Rio de Janeiro, RJ – 20921-380 – Tel.: 2585-2000